KB154734

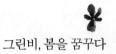

그린비, 봄을 꿈꾸다

그린비, 봄을 꿈꾸다

초판 1쇄 인쇄_ 2015년 5월 7일 | **초판 1쇄 발행_** 2015년 5월 15일

지은이_그린비 | **엮은이_**이은희 | **펴낸이_**진성옥 · 오광수 | **펴낸곳_**꿈과희망

디자인 · 편집_김창숙, 박희진 | **마케팅_**최대현, 김진용

주소_서울시 마포구 토정로 222 B동 1층 108호

전화_02)2681-2832 | **팩스_**02)943-0935 | **출판등록_**제1-3077호

http://www.dreamnhope.com| e-mail_ jinsungok@empal.com

ISBN_978-89-94648-79-8   43810

※ 책 값은 뒤표지에 있습니다.

※ 새론북스는 도서출판 꿈과희망의 계열사입니다.

ⓒPrinted in Korea. | ※ 잘못된 책은 바꾸어 드립니다.

그린비, 봄을 꿈꾸다

우리가 살아가고 있는 세상을
열일곱, 열여덟 살의 눈으로 바라보고
그들이 꿈꾸는 세계를 그려보았다.

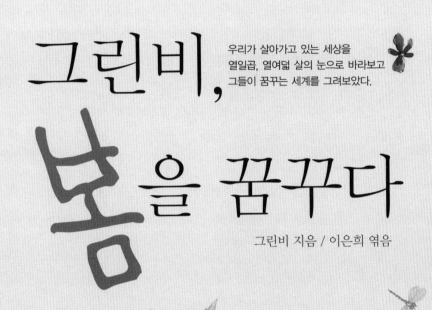

그린비 지음 / 이은희 엮음

꿈과희망

　흔히들 '하루가 다르게 변해가는 세상'이라는 말을 한다. 생각해 보면 '증강현실'이니 '스마트 세상'이니 하는 지금 우리네 현실은 불과 몇 년 전까지만 해도 상상하지 못했던 삶이며, 반대로 얼마 지나지 않은 과거의 삶들은 심하게 '옛것'이 되어 있다. 2013년에 방영해 큰 인기를 모았던 '응답하라 1994'라는 TV 드라마는 약 20년 전 삶의 모습을 오롯이 반영해 많은 이들의 향수를 불러일으켰다. 음료 '써니텐', 일명 '떡볶이 단추' 코트, '전희철, 현주엽, 문경은, 이상민, 우지원' 등의 농구선수가 활약한 '연고대전', '빙그레 이글스, 해태 타이거즈' 등의 야구 구단, '서태지, 녹색지대, 룰라' 등의 가수들, 그리고 간간이 나온 정치, 사회적인 이슈들……

　우리는 올해 '2014년 대한민국'을 살아왔다. 이 시대는 훗날 어떻게 기억될 것인가? 그리고 내일이 오늘의 영향을 받지 않을 수 없는 한, 2014년을 거친 미래는 또 어떻게 만들어져 갈 것인가? 열일곱, 열여덟 살의 성광고 학생들은 이런 고민들로 이번 글쓰기를 시작했다. 돌돌 말려 있는 카펫을 한 발짝씩 밟아 펼쳐가는 기분으로 우리의 현재와 미래를 곰곰이 들여다보고, '우리 시대의 모습 중 심각하게 고민해 봐야 할 몇 가지 문제점들'을 제시했다. 그러고는 그런 문제들로 인해 발생할 수 있는 여러 가지 삶의 양상들을 소설화하였다. 해결방안을 제시해 주는 것뿐만 아니라 그저 문제를 꺼내놓는 것만으로도 충분히 문학으로서의 가치를 다하는 것이므로, 우울하면 우울한 채로 기쁘면 기쁜 채로 결말을 맺어나갔다.

올해로 4년 차인 '그린비'.

시 속에 담긴 의미를 읽어낸 후 자신의 경험 혹은 상상을 통해 연관된 이야기를 얽어낸 첫 번째 작품집 『그린비, 시를 그리다』, 일상의 풍경들을 사진으로 담고 관련된 자신의 경험이나 사색을 짧은 글로 풀어낸 두 번째 작품집 『그린비, 세상을 그리다』, 자신의 꿈에 대한 솔직담백한 이야기와 꿈을 이룬 자신의 미래를 상상한 내용, 그리고 평소 즐겨듣는 노래를 이야기로 풀어낸 세 번째 작품집 『그린비, 꿈을 노래하다』에 이은 네 번째 작품집이다. 세 번째 작품집부터는 책의 주제를 우리 학생들이 스스로 고민하고 의논해서 정하였기에, 이번 테마가 조금 무거울 수 있는 주제 – 사회문제 – 이지만 의미는 더욱 깊다.

사회를 보는 눈이 제한적이거나 편협할 수도 있다. 인물들이 삶을 살아내는 방식이 부자연스러울 수도 있고 결말이 탐탁지 않을 수도 있다. 하지만 한 편의 글을 완성하기 위해 이 사회를 진지하게 들여다보고, 어려움에 처한 이웃들을 관심 있게 되돌아본 이 시간, 이 작업들은 단언컨대 그 무엇과도 바꿀 수 없는 가치가 있다.

학업에 정신없이 바쁜 상황에서도 열의를 가지고 작품 활동에 임해준 우리 16명의 그린비 남학생들에게 참으로 고맙다는 말을 전하고 싶다.

간단한 쪽지나 채팅에만 익숙해 진심을 담은 편지 한 장 쓰는 것도 버거워하는 요즘 세대 아이들이, 이 작품집을 위해 고심하고 몇 번을 다시 쓰고 돌려보고 밤을 새우기까지 했으니 얼마나 대견한지 모른다. 그리고 혼자 하는 지도에 고생이 많다 늘 염려하시며 아이들 글을 나눠 읽어주시고 한 명 한 명 불러 조언까지 해주신 성광고 국어과 선생님들 − 조남선, 류정남, 성진희, 백승자, 진석수, 김자영 선생님 − 께 머리 숙여 감사드린다. 어떤 일터에서도 느끼기 힘든, 교회 공동체 같은 따스한 선생님들 속에서 하루하루 생활할 수 있음에 말할 수 없이 행복하고 감사하다.

지도교사 이은희

목차

그린비, 봄을 꿈꾸다

우리들 이야기

곽만철

● 잔인한 학교 ●
● 눈물자국 ●

잔인한 학교

| 우리들 이야기

　최근 들어 우리 사회에 급격한 속도로 부각되고 있는 문제가 있다. 바로 학교폭력이다. 불과 몇 년 전만 하더라도 학교폭력문제가 이렇게 심각한 사회적 문제가 될 줄은 몰랐다. '대구 중학생 자살사건', '대전 여고생 자살사건' 등을 계기로 사태의 심각성이 대두되었다. 이러한 학교폭력 행위는 요즘 들어 그 수단과 방법이 나날이 잔혹해지고 있는데 여러 방면에서 근절을 위한 노력을 하고 있으나 쉽게 사라지지 않고 있다. 이러한 학교폭력은 피해자와 가해자 모두에게 우울증, 외상후 스트레스 장애와 같은 정신질환을 발생시킬 가능성이 높고 피해자에게는 물리적 피해가 추가되어 심각한 피해를 가져온다.

　학교 폭력에 내가 관심을 가지게 된 계기는 '대구 중학생 자살 사건' 이다. 나는 대구에 살고 있고 그 당시에 사건의 피해자와 나이가 비슷했기에 남의 일 같지가 않았다. 그 사건은 가해자가 피해자에게 게임에 있는 자신의 캐릭터의 레벨을 올리라고 협박 및 폭행을 하였고 돈을 지속적으로 요구하였다. 이밖에도 글러브로 폭행하고 물고문을 하기도 하는가하면 전깃줄을 목에 감은 뒤 학대하는 비인간적인 행위들을 남발하였다. 피해학생은 이렇게 지속적인 괴롭힘을 당하다가 도피방법으로 결국 자살이라는 극단적인 선택을 했던 것이다. 이 사건을 통해 나는 학교폭력의 심각성을 알게 되었는데 이 사건 이후로도 전국 각지에서 학교폭력으로 인한 자살, 우울증, 물리적 피해들이 끊임없이 발생했다.

이에 따라 국가에서는 몇 가지 대책안을 내놓았다. 가해학생에게는 그 즉시 출석정지, 학생부기록 등의 엄중한 처벌을 내린다는 것이 정부의 방침이다. 경찰측은 이제 학교폭력 문제를 훈방조치 정도의 사건이 아니라 민생치안의 현안으로 보고 구속수사를 확대한다며 학교폭력과의 전쟁을 선포하였다.

각 교육청에서는 학교폭력 근절을 위한 예방교육의 빈도를 증가시켰고, 정기적으로 학교폭력 실태조사를 하여 학교폭력 예방에 총력을 기울이고 있다. 실제로 교육부의 조사에 따르면 2013년 학교폭력 예방교육 실시시간은 작년(2013년) 대비 36.4%나 올랐다. 또한 학교폭력 예방을 위한 센터를 설립하여 학생들의 자발적인 신고를 독려하고 있다. 이렇게 많은 노력들을 기울인 덕분에 학교폭력은 해가 갈수록 2012년 약 12.3%, 2013년 2.2%, 2014년 1.4%로 점차 줄어들고 있는 추세이다.

하지만 아직까지도 학교폭력이 근절되지 않는 이유가 무엇일까? 아마도 우리가 보지 못하는 곳에서 여러 문제들이 묵인되고 간과되기 때문일 것이다.

2013년 2차 학교폭력 실태조사 통계에 따르면 가장 높은 수치가 나온 유형은 무려 35.3%를 차지한 언어폭력이었다. 언어폭력은 우리가 생각하는 것만큼 특수한 경우가 아니라 우리가 평소에 아무 생각 없이 친구에게 내뱉는 욕설이나 비하발언 등 상대방의 기분을 상하게 하는 모든 발언이 해당된다. 그러나 많은 학생들은 언어폭력을 대수롭지 않게 여겨버려 이것이 학교폭력이라는 사실을 인지하지 못하고 있다. 실제로 학교폭력을 알리지 않은 이유 1위는 '별일 아니라고 생각했기 때문'이다. 학교폭력을 근절하기 위해서는 학교폭력에 대한 우리의 인식이 새롭게 바뀌어야 한다.

학교폭력의 그 다음 유형으로는 집단 따돌림, 방관, 강제 심부름 등이다.

특히 방관은 요즘 새로이 떠오르고 있는 유형인데, 학교폭력을 보고도 제대로 대처하지 않고 외면하는 사람까지 모두 죄가 인정된다는 견해가 나오고부터 사람들이 관심을 가지게 되었는데, 실제로 이러한 방관이 이제는 처벌 대상이 된다.

학교폭력을 근절하기 위해서는 정기적으로 학교폭력의 심각성을 알리고 예방교육이나 실태조사 등의 지금 하고 있는 노력들도 물론 중요하다. 그러나 근본적으로는 학교폭력에 대한 인식을 바로잡고 피해자의 입장에서 생각한, 모두가 공감할 수 있는 인권교육을 실시하는 것이 더욱 절실하다.

그리하여 학교폭력이라는 어두운 단어가 사라지고 모든 학생들이 건강한 학교생활을 누릴 수 있는 날이 속히 오기를 기대해 본다.

눈물자국

| 우리들 이야기

내가 꿈꾸는 학교는 이런 곳이 아니었다. 다정한 친구, 친절한 선생님, 화목한 분위기, 이런 건 동화 속에서나 나오는 꿈의 이야기였다. 현실은 잔혹하고 비참했다. 처음에는 웃으며 다가오던 친구들의 웃음이 비웃음으로 변했고 선생님은 외면했다. 다른 사람에게 알리면 나를 죽일 수도 있다고 했다. 나는 그저 매일 밤 이불을 덮어쓰고 울었다. 잠이 들 때까지 계속.

1

차갑지도 그렇다고 덥지도 않은 늦여름 밤의 바람이 옷깃을 스쳐갔다. 그렇게 추운 날씨도 아닌데 자꾸 따뜻하게 입으라는 어머니의 말에 옷을 두껍게 입었더니 지금 나는 끔찍할 정도로 후텁지근하다. 그냥 입지 말 걸. 어머니는 예전부터 나를 과잉보호해왔다. 그로 인한 불편이 이만저만이 아니다. 밤길 조심, 차 조심, 사람 조심, 뭐든 조심하고 보라는 어머니의 간섭이 이제는 정말 싫증이 난다. 그래서 나는 오늘만은 어머니에게 전화 한 통 하지 않았다. 어머니를 향한 반항의 첫발을 내디딘 것이다. 물론 어머니로부터 계속 전화가 왔지만 애써 무시했다. 가끔 이러는 것도 나쁘지는 않겠지.

16

나 자신이 대단한 권력을 가진 왕이라도 된 그런 느낌이었다. 어느새 집 앞 신호등까지 왔다. 집에 들어가면 또 오늘 일에 관해 어머니의 잔소리를 들어야 한다. 신호가 바뀌고 다시 걷기 시작했을 때, 갑자기 머리 뒤쪽에서 뜨거운 감각이 일어남과 동시에 어둠이 드리웠다. 의식을 잃는 찰나에 검은 그림자를 보았는데 왠지 낯익은 모습이었다.

눈앞에서 몇 개의 빛이 아른거리다가 이내 하나로 합쳐졌다. 천장에 있는 형광등이었다. 머리가 지끈거리며 아파오기 시작했고 너무나 어지러워 토를 할 지경이었다. 간신히 주위를 둘러보니 나는 낯선 침대에 누워 있었고, 내가 움직이는 소리에 보조 침구에서 잠을 자던 어머니가 일어났다.

"아이고, 영수야 괜찮니? 어쩌다가 그렇게 됐어?"

"저도 잘 모르겠어요. 그것보다 여기는?"

"병원이야. 네가 쓰러져 있는 것을 보고 마침 그곳을 지나가시던 분이 구급차를 부르셨단다. 고마워서 사례를 하겠다고 했는데 그냥 가시더구나."

"머리가 너무 아픈데 어떻게 된 건가요?"

나는 인상을 찌푸리며 말했다.

"의사선생님이 네가 머리를 뭔가로 맞아서 머리뼈에 금이 갔다는구나. 그것 말고는 다행히 별 이상은 없다하시고."

생각을 가다듬어 보니 분명 집으로 돌아가는 길에 누군가에게 뒤통수를 맞고 쓰러진 것 같은데 그것이 누구였는지 전혀 기억이 나질 않는다. 머리가 아파서 더 기억을 하고 싶지도 않았다.

"그래서 저를 치고 간 놈은 잡았나요?"

"그게 조사는 하고 있다는데 CCTV도 없는 곳이라 찾기가 힘들 것 같대."

어머니가 떨리는 목소리로 말했다.

나는 갑자기 허탈해졌다. 뉴스에서 얼핏 본 것 같다. '퍽치기' 지나가는 사람을 기절시켜서 금품을 갈취해 가는 범죄. 그런데 나는 쓰러진 후 도난 당한 물건이 없을 뿐만 아니라 지갑에 돈도 그대로 있었다. 도대체 누가?

왜? 나한테 이런 일을 한 것일까? 더 이상 아무 생각도 들지 않았다. 피로와 함께 잠시 쉬고 싶었다.

"아, 참! 네 친구가 걱정이 된다며 병문안을 왔더구나. 이름이 뭐라고 하더라. 김지혁이라고 했던 것 같은데 혹시 아니?"

어머니가 말했다. 지혁? 그 이름이 기억 날 듯 말 듯했지만 결국은 아무것도 기억해 낼 수가 없었다. 내 기억에 문제가 생기기라도 한 걸까?

"지혁이라는 이름이 기억이 잘 안 나네요."

"의사선생님이 기억이 잠깐 안날 수도 있는데 크게 걱정하지 말라고 하시더라. 시간이 지나면 괜찮아진다고 했으니 이젠 좀 쉬렴."

그리고 어머니는 병실 밖으로 나가셨다. 짧은 시간 동안 생전 처음 겪는 일이 너무 갑작스럽게 일어났다. 머릿속은 온통 뒤죽박죽이 되어 버렸다. 지금은 그저 쉬다가 나중에 학교에 가면 지혁이란 친구한테 가서 내 기억을 다시 찾아봐야겠다.

2

2주 후.

늘 봐왔던 학교 교문이 낯설게만 느껴졌다. 분명 평소와 같은 아이들의 등교 모습이지만 지금은 너무나도 새로웠다. 아이들의 틈에 섞여 우리 반이 있는 3층으로 갔다. 아직 이른 시간이라 그런지 반에는 아이들이 듬성듬성 앉아 있었다. 대부분 다 얼굴과 이름이 기억났다. 아직 김지혁은 오지 않은 것 같았다.

"야, 좀 괜찮나?"

기철이 말했다.

"아, 나름 괜찮아. 머리가 좀 어지러운 것만 빼면."

기철은 중학교 때부터 친하게 지낸 4년 지기 친구이다. 중학교 때부터 말수가 적어서 내성적인 성격인 줄 알았는데 나중에 알고 보니 의외로 쾌활하고 외향적인 성격이었다. 가끔씩 이상한 소리를 하는 것 외에는 정말 좋은 친구이다.

"야, 근데 김지혁이라는 애 아냐?"

나는 말했다.

"김지혁? 알지, 우리 반인데 모를 리가 있나? 근데 걔는 갑자기 왜? 너무 음침해서 말도 한번 제대로 건네 본 적이 없는데."

"아니, 그냥 내가 병원에 있을 때 왔다갔다고 해서……."

"지혁이랑 네가 그렇게 친했었나? 난 전혀 몰랐네. 아참, 나는 병문안 못 가서 미안하다."

"못 올 수도 있지, 뭐."

기철이도 대충 지혁이에 대해서는 이름만 아는 정도인 것 같았다. 도대체 누구길래 지혁이만 기억이 나지 않는 걸까? 기철이와 나는 내가 학교에 없는 동안 일어났던 일이나 수업에 관해 이야기를 나누었다. 크게 달라진 점은 없는 듯했다. 1교시가 시작될 즈음에도 김지혁은 오지 않았다. 결국 김지혁이 나타난 것은 3교시 수업 도중이었다.

그 애는 교복 위에 검은 외투를 입고, 겉보기에도 낡아 보이는 검은 운동화를 신고 있었다. 교복도 검은색이라 그런지 뭔가 어두운 느낌이 불안감과 함께 전해져 왔다. 수업 도중에 들어 왔음에도 불구하고 자연스럽게 자기 자리를 찾아 가서 앉았다. 처음 보는 광경에 나는 어이가 없었다.

"야, 저놈 뭐냐?"

앞에 앉아 있는 친구에게 물었다.

"저 새끼 몰라? 우리 반 공식 병신이잖아. 기억이 오락가락 한다더니만 이젠 그런 것도 잊었냐?"

도대체 저런 놈이 왜 내 병문안을 왔을까? 아무리 생각해도 저놈과 내가 친했다는 건 말이 안 되는 일이다. 나는 음침한 성격의 인간을 별로 좋아하지 않는다. 친하다고 했어도 엄청난 절친이 아니고서야 병문안은 잘 오지 않는다. 그렇다면 어떻게 된 걸까?

선생님마저도 그 아이에 대해서는 별로 신경을 쓰지 않는 듯 했다. 그렇게 수많은 의문점을 마음에 둔 채로 3교시가 끝났다. 쉬는 시간이 되자마자 나는 지혁에게 다가갔다.

"야, 너 뭐냐?"

나는 얼굴도 보지 않은 채 퉁명스럽게 물었다.

"뭐냐니?"

지혁은 말했다.

"우리 친구잖아. 고등학교 들어와서 같은 반 되어서 친해졌잖아. 혹시 기억이 안 나는 거야? 좀 실망인데."

그 말을 듣는 순간 다시 머리가 아파오기 시작했다. 혼란과 고통이 동시에 나를 조여 왔다. 기억을 되새겨보려 했지만 그럴 수록 고통만 심해질 뿐이었다. 과연 이 녀석을 믿어야 할까? 이 말이 모두 사실일까? 아직 그를 믿기에는 모르는 것이 너무 많다. 좀더 그를 알아볼 필요가 있었다.

"미안, 미안, 알다시피 내가 좀 그런 일 있었잖아. 이해해 주라. 아, 그리고 나 의식이 없었을 때 병문안 왔었다며? 고맙다."

나는 최대한 부드럽게 말했다.

"에이, 뭐 그런 거 가지고. 친구끼리 그 정도는 당연한 거 아냐?"

지혁은 머쓱해하며 말했다.

이후 같이 이야기를 몇 마디 나눠 보았지만 특별히 이상한 점은 발견할 수 없었고, 오히려 이야기를 나눌수록 지혁에 대한 거부감은 줄어들었다. 그러나 마음 한구석에는 계속 풀리지 않는 응어리가 남아 있는 느낌이었다.

3

3일 후.

이제는 완전히 학교생활에 녹아들었다. 예전과 같은 일상의 반복이었지만 혼자 있을 때는 몰랐던 소소한 행복감을 느끼기도 했다. 지혁은 걱정했던 것과는 달리 꽤나 좋은 녀석이었다. 간혹 가다 내가 힘들거나 막히는 일이 있을 때면 먼저 찾아와 도와주었다. 괜한 의심을 했나 하는 생각과 함께 미안한 마음이 들었다.

오늘은 학교행사로 인하여 오전 수업만 하는 날이었다. 수업을 마치고 가방을 챙겨 교실에서 나와 계단을 내려갔다.

막 교문을 나가려고 하는 순간 처음 보는 학생이 내게 말을 걸었다. 명찰을 보니 나와 같은 학년인 듯했다.

"무슨 일인데?"

"아, 선생님이 짐을 좀 옮기라고 하셨는데, 나 혼자라서……. 좀 도와주면 안 될까?"

조금 귀찮다는 생각도 들었지만 혼자라니 아무래도 도와줘야겠다고 마음먹었다.

"그래, 도와줄게. 어디로 가면 되니?"

그의 뒤를 아무 생각 없이 따라가다 보니 무언가 이상하다는 느낌이 들었다. 옮길 짐은 보이지도 않았고 그 학생은 인적이 드문 학교 뒤편으로 가고 있었다. 일이 생겼다고 핑계를 대고 돌아서는 순간 누군가 뒤에서 발을 걸었다. 내가 속수무책으로 넘어지자 한꺼번에 여러 명이 달려들어 무차별적으로 발로 밟기 시작했다. 4명인 것 같았다. 모두 다 한 번도 본 적이 없는 얼굴들이다. 계속된 폭행으로 온몸의 뼈가 마디마디 조각나고 으스러지는 것 같았다. 정신이 아득해졌다. 내가 무얼 잘못했기에 이런 일들이 일어나는 것일까? 이번엔 진짜 죽는 건가? 고통을 뛰어넘는 자괴감이 엄습해 왔다. 눈을 감으려는 순간 무차별적인 폭행이 멈추었고 그들은 아무 말도 하지 않은 채 어디론가 사라졌다. 다행히 몸을 움직이는 것 정도는 가능했다. 집이 가까워서 다행이지 아니었으면 다시 병원으로 실려 갔을 것이다. 집에서는 어머니가 주무시고 계셨다. 나는 어떻게 해야 할까? 어머니에게 모든 것을 말하고 범인을 찾기 위해 학교에다가 신고를 할까? 역시 그러는 것이 좋겠지만 너무 경황이 없는데다가 나는 그들에 대해 아무것도 모르는데 괜히 어중간하게 신고했다가는 그들에게 나중에 보복을 당할 수도 있겠다싶어 일단은 경과를 지켜봐야겠다는 생각을 하며 나는 조용히 집에 있는 약을 가지고와서 온 몸에 바르기 시작했다. 쓰리고 따가웠다. 내일 만약 그들을 다시 만난다면 기필코 단서를 잡고 말리라.

4

다음 날.

어제보다 더 심한 통증으로 몸을 가누는 것이 힘들었지만 겨우 몸을 이끌고 우리 반을 찾아가서 자리에 앉았다. 나를 본 지혁이가 먼저 말을 걸어왔다.

"야, 너 무슨 일이야? 몸 상태가 왜 이래?"

"그냥, 계단에서 뒹굴었어. 별거 아니야."

"계단? 조심 좀 하지 그랬어?"

"그러게 말이다. 다음부터는 조심해야지. 걱정해 줘서 고맙다."

지혁이는 내 말을 믿는 듯했다. 그렇게 별말 없이 넘어갔다.

'이번 일은 그 누구에게도 말하지 않을 것이다. 괜히 말해 봤자 일만 커지고 피곤해지기만 할 테니까.'

내가 스스로 해결해야겠다는 생각을 하며 수업을 준비하려는데 기철이 나에게 와서 조용히 말했다.

"야, 시간 좀 되냐? 너랑 하고 싶은 얘기가 있어. 좀 심각한 거야."

"뭔데? 네가 심각한 일도 다 있고."

"지금 말하기는 그렇고 학교 끝나고 한 번 만나자."

기철이는 이 말만 하고 다시 자리로 돌아갔다. 기철이가 이런 말을 내게 한 것은 처음이다. 평소에 고민이라고는 조금도 없어 보이는 밝은 성격의 친구였는데 새삼 걱정이 되기 시작했다. 학교가 끝난 후 기철이네 집에 갔다. 부모님은 모두 늦게까지 일을 하신다고 했다.

"야, 그래 무슨 일인데?"

"네가 이렇게 심각한 건 처음 봐."

"사실 내가 요즘 누군가에게 맞고 있어."

풀죽은 목소리로 말하는 기철이의 표정에는 근심이 가득했다.

'기철이가 폭력을 당했다니 이건 또 무슨 소리지?'

"야, 그런 건 나한테 말할 게 아니라 선생님한테 하든가 너네 부모님한테 말했어야지."

나는 어이가 없다는 듯이 말했다.

"우리 부모님은 나한테 별로 관심도 없으시고, 선생님한테는 말하기가 좀 그래. 말할 곳이 너 밖에 없더라. 나 이제 어떡하냐?"

기철의 목소리가 점점 다급해져 갔다.

"그래서, 누구한테 맞았는데? 찾아가서 따지기라도 해야지."

"사실 그게 잘 모르겠어. 갑자기 몇 명이 와서 다짜고짜 때리는 바람에 저항도 못 해보고 이런 상황이야."

나는 놀라움을 금치 못했다. 나에게 일어났던 일이 나의 친구에게도 똑같이 일어난 것이 아닌가? 이제는 나 혼자 해결할 문제가 아니게 되었다. 우리는 힘을 합쳐 범인을 잡아야 하는 것이다.

"기철아, 나 다친 것 보이지? 이거 사실 나도 너처럼 모르는 놈들한테 맞아서 그런 거야. 무슨 뜻인지 알겠어? 이건 이미 우리 각자의 문제가 아니라는 거지.”

“뭐? 그게 정말이야? 그 말이 사실이라면 우리끼리 해결하기에는 너무 일이 큰 거 아니야? 신고를 하는 게 좋겠다.”

“아니, 일단 녀석들의 정체부터 확인한 후에 선생님한테 신고를 하든지 경찰에 신고를 하든지 하자. 난 이런 일을 벌인 놈들의 낯짝이 너무 궁금해.”

“그럼 어떻게 할 건데?”

기철은 말했다.

“뭐 뾰족한 수라도 있는 거야?”

“미끼작전.”

나는 나름 비장하게 말했다.

“네가 미끼가 좀 되어줬으면 해. 네가 평소같이 그 녀석들한테 맞고 나면 그 녀석들은 도망을 칠 거란 말이지. 그때 나는 그놈들의 뒤를 밟는다.”

“뭐라고? 미쳤어? 나보고 그런 짓을 하란 말이야? 너 친구 맞냐?”

“나도 이러기는 싫지만 이건 어쩔 수 없는 희생이라고 봐. 아무 단서도 없는데 무턱대고 신고할 수는 없잖아.”

내가 생각해도 이것은 너무나 터무니없는 작전이다. 하지만 왠지 모르게 오기가 생겼다. 그놈들은 내가 꼭 잡아야 한다는 생각뿐이었다.

“딱 한번이야, 그 이상은 없다.”

기철이 말했다.

“그래, 한번이면 충분하지. 꼭 잡아서 복수하자.”

5

다음 날.

이미 준비는 끝났다. 예상했던 대로 그놈들은 기철이를 불러냈고 차마 눈

뜨고는 보기 힘든 잔혹한 폭행이 시작되었다. 약 10분 후 그들은 욕을 하며 사라졌다. 지금이 기회다. 나는 재빠르게 놈들의 뒤를 밟았다. 그들은 서로 이야기를 하면서 가느라 내가 뒤따르는 것을 눈치 채지 못한 것 같았다. 그들이 도착한 곳은 학교 구석진 곳에 있는 작은 뜰이었다. 사실 이곳은 관리가 안 된 지 몇 년이나 흘러 사람들은 이곳에 잘 오지 않는다. 그런 곳에 그들이 있었다. 멀리 있어서 누군지 잘 보이지는 않았지만 말소리는 또렷이 들렸다.

"야, 그 새끼들은 어떻게 맞아도 등신같이 가만히 있냐? 존나 재미없네. 이 짓을 언제까지 해야 해?"

우리를 때리던 놈들 중 한 명이 말했다.

"영수 그 병신새끼 놀려먹는 재미로 하는 거지, 뭐. 친구가 맞는 게 자기 탓인 줄도 모르고."

또 다른 녀석이 말했다.

"근데 기억이 안 날 만도 하지. 이때까지 몇 년을 맞고 살았는데, 나 같아도 기억하기 싫겠다."

그 말을 듣는 순간 참을 수 없는 분노가 일었다. 기억이 조금씩 돌아오기 시작했다. 저 인간들은 내가 고등학교에 들어와서부터 나를 괴롭히던 놈들이다. 처음에는 친한 척 접근하더니 시간이 지나면 지날수록 나를 폭행하고 고문하고 심지어 죽이려고 했던 놈들이다. 그렇다면 이곳의 주모자는 그놈밖에 없다. 나는 휴대폰을 꺼내 경찰에 신고를 했고 경찰들이 도착할 즈음 자리를 박차고 일어나 그놈들 앞에 섰다. 이 모든 것의 종지부를 찍을 때가 온 것이다. 예상이 맞았다. 김지혁 그 인간이었다.

"이젠 다 끝났어. 제발 반성하고 사람 구실 좀 해."

나는 분노에 사로잡혀 고함치며 말했다.

그 후로 그들은 실형을 선고 받고 사회에서 격리되었다. 나와 기철이는 다시 일상적인 학교생활을 할 수 있게 되었지만 아직도 지속적인 상담을 받고 있다. 너무나 많은 일들이 있었지만 이제 지루한 일상 속으로 돌아간다.

안녕! 눈물자국.

모든 일의 시작은 항상 작은 호기심에서 시작된다. 이 글들도 별반 다르지 않다. 글을 정식으로 써보는 것도 처음이고 처음 쓰는 주제도 그다지 가볍지는 않았지만 호기심과 관심을 가지고 글을 이어 나갔던 것 같다. 그리고 주변 사람들에게 너무나도 많은 도움을 받았기에 글을 겨우 써낸 것이 아닌가 싶다.

공통주제인 사회문제에서 학교폭력을 고른 이유는 단순했다. 우리와 너무 가까이 있지만 멀게만 느껴지는 문제이기 때문이다. 찾아보면 어디에서나 보이지만 그것을 보고만 있을 뿐 다가가지는 않는다. 다른 모든 사회문제들이 그러하겠지만 학교폭력은 더더욱 그렇다. 조금만 관심을 가지면 도움의 손길을 바라는 학생이 보이지만 괜한 걱정과 불안감으로 선뜻 도와주지를 못한다. 이것은 이미 사회적인 인식으로 자리 잡았다.

학교폭력은 갈수록 교묘해지고 있지만 그 해결책은 갈수록 진부해지는 것이 현실이다. 사람들은 시간이 지나면 지날수록 잔인해지고 그럴수록 우리 사회도 함께 잔인해진다. 끔찍하다.

나는 여러 곳에서 해결책으로 '인식의 변화'라는 말을 종종 듣고는 한다. 그들은 인식의 변화가 모든 문제의 해결책이라고 말한다. 물론 틀린 말은 아니라고 생각한다. 하지만 이미 사회적인 인식을 바꾸기에는 늦은 시기라는 느낌이 드는 건 어쩔 수 없다. 일단 나부터가 그렇다. 자신의 일이 아니면 신경쓰기를 귀찮아하고 꺼려한다. 또 내가 하려고 해도 다른 사람이 하지 않으면 나도 하지 않게 된다. 이런 의식이 깊이 뿌리박고 있는 한 인식 전환은 힘들 것이다.

그래서 나는 개인적으로 '계란으로 바위치기'를 해보는 건 어떨까 싶다. 어떠한 방법으로도 좋다. 그저 이 세상에 자신의 의견을 호소하면 그만인 것이다. 한 사람 한 사람이 말하면 그건 작은 속삭임이지만 그것이 모이고 또 모이면 결국 바위에도 금이 갈 것이다.

경험이 부족하여 너무 횡설수설한 글이었지만 결론적으로 나는 하고 싶은 말을 했다. 그게 쉽지 않았을 뿐이었지…….

그저 내 글을 보는 이가 있다면 그 사람만은 움직이는 사람이 되어줬으면 좋겠다. 나처럼 말로만 하는 사람이 아닌…….

나는 아직도 너무 많은 것을 배워야 할 것 같다.

그린비, 봄을 꿈꾸다

아빠,
할아버지
할머니는
왜 저렇게
많으셔?

서광우

● 고령화 사회 ●
● 아웃 에이지드 (OUT-AGED) ●

고령화 사회

| 아빠, 할아버지 할머니는 왜 저렇게 많으셔?

우리가 살고 있는 세상 어느 시대에든 사회적 문제들이 존재해 왔다. 예를 들자면 몇 세기 전에는 지금과는 다르게 땅을 빼앗는 전쟁을 하고 신분을 차별하는 등의 골칫거리들이 있었던 것처럼 말이다. 21세기에도 물론 사회적 문제들이 있다.

현대에 접어들면서 시대가 변하고 사회도 변하며 그에 따른 문제점도 다양하게 나타나고 있다. 우리나라만 해도 환경오염, 남북 간의 전쟁, 청년층 실업, 고령화 사회 등 다양한 문제가 발생하고 있는데 여기에서는 그중 고령화에 대해 생각해 보고자 한다.

먼저 고령화란 고령자의 수가 증가하면서 전체 인구에 차지하는 고령자 비율이 높아지는 것을 말한다. 국제연합에서 이 비율을 기준화하였는데 고령자가 7%를 넘는 사회를 '고령화 사회', 14%를 넘으면 '고령 사회', 그리고 고령 사회에서 고령화가 더욱 진행돼 20%를 넘어간 사회를 '초고령 사회' 라 한다.

그런데 왜 이렇게 고령자의 수가 많아지는 것일까? 대표적인 원인은 출산율과 관련이 있다. 출산율이 저하되며 젊은 사람들이 감소해 상대적으로 고령자의 인구가 증가하여 고령화 사회가 되었다. 게다가 과학기술의 발달로 평균 수명이 증가한 것도 한 몫을 더 하였다.

고령화 사회에 수반되는 문제도 여러 가지가 있다. 현재 60세 이상의 고령층과 학생들이 각각 20% 정도라 한다면 노동이 가능한 인구는 50~60%가 되는 것이다. 과학기술로 인해 노인이 점점 늘어나는데, 출산율이 줄어 학생의 수마저 줄어든다면 미래 세대에는 얼마나 더 심각한 문제가 될지 염려스럽다. 노동가능 인구가 50~60%라고 하는 것은 순수 노동의 문제에 국한되는 것이 아니다. 고령자가 점점 늘어나면서 노동가능인구가 부양해야 할 고령자가 늘어나고, 노동가능인구를 곧 출산가능인구라 본다면 노인 관련 부담 비용을 충족시키기 위해서 출산율이 줄어들게 된다. 결국 우리는 급격한 인구저하를 피할 수 없게 될 것이다. 또 앞서 말했던 사태가 심화된다면 다음 세대들이 가지는 출산율, 고령화에 대한 부담이 가중될 것이다.

　이번엔 좀 더 경제적이고 세부적인 내용으로 들어가 보겠다. 예전에는 노인 회관, 복지센터 등의 시설이 적었음에도 불편함이 없었다. 하지만 최근 고령자가 늘어나 몇몇 시설들을 신축했지만 필요에 따라 건축물을 지어 모두 만족시킬 수도 없는 노릇이고, 무리하게 건축했다간 국가 자금 문제 등 큰 불상사를 일으킬 수도 있다. 게다가 옛날에는 자녀의 수가 3~4명 이상이어서 부모 부양이 나은 편이었는데 요새는 자녀의 수가 1~2명이 대부분이어서 부모 부양에 부담이 되는 것이 현실이다. 또 노동의 기회를 잃고 경제력을 상실한 노인들에게까지 국가가 일일이 세금을 써가며 지원을 해줄 여유도 없다.

　이러한 문제점들을 해결하는 방법으로서 먼저 출산 장려가 있다. 앞서 고령화 사회의 대표적 원인을 낮은 출산율이라고 언급하였는데, 현재 우리나라 여성들이 출산을 피하는 이유를 알아보고 그 문제를 해결하려는 노력이 필요하다고 본다. 감당하기 힘들 정도의 비싼 사교육비와 어려운 경제 사정으로 맞벌이를 하는 여성이 늘었다. 이렇게 여성의 사회 진출이 늘어나고 있지만 그런 여성의 출산에 대한 사회의 태도는 여전히 전근대적이라는 것이 문제이다. 정부는 사교육비에 대한 부담을 줄이거나 출산 가정에 대해

경제적인 보조를 하는 등 출산율 저하에 대한 대비책을 늘려야 한다. 특히 사회적으로, 더 구체적으로 말한다면 여성이 근무하는 회사 차원에서는 출산 휴가 등의 대비책을 마련해야 한다.

어느 맞벌이 부모가 아이를 하나 낳았다 생각해 보자. 산모가 아기를 낳고 나서 몸 상태가 원래대로 다시 돌아가려면 100일 가량이 걸린다고 하는데 회사는 기껏해야 출산휴가를 한 달 남짓 줄 뿐이다. 정부 차원에서도 이를 더 이상 간과하지 말고 좀 더 적극적인 해결책을 법적으로, 제도적으로 마련할 필요가 있다.

다음으로는 고령자에 대한 정년퇴임의 나이 제한을 늦추는 것이 필요하다. 그리고 실버산업을 육성하고 고령자에 대한 고용제도를 실천하는 것도 필요하다. 노인들에 대한 지원 대책이 부족한 시점에서 너무 빠른 속도로 고령화 단계에 진입하고 있는 우리는 지금보다 원활하고 활동적인 노후 보장을 위하여 국가 차원에서 투자가 활성화된 실버산업의 발전과 정년퇴임을 늦추는 정책이 필요하다.

고용제도의 측면에서는 나이에 관계없이 노인들이 할 수 있는 직종이 있고 그런 직종은 의무적으로 노인을 고용하도록 법을 제정해야 한다. 고령자를 고용하는 기업에게는 세금을 감면해 주고 적정 인원의 노인을 고용하지 않은 기업에게는 과징금을 부과하는 것은 하나의 좋은 방책이 될 수 있다.

마지막으로 국민연금 개선이 있다. 최근 국민연금 수령시기를 늦추거나 지급률을 낮춘다는 말이 나오고 있는데 국민연금을 사회복지 정책으로 확실히 개편해야 할 것이다. 물론 연금의 지급률을 낮추는 것은 지금 우리나라의 자금사정으로 보았을 땐 충분히 이해하지만, 노후 보장에는 연금만한 제도가 없기 때문에 충분한 논의가 필요하다고 본다.

지금까지 언급한 고령화의 해결방안을 이미 시행하고 있는 기업들도 물론 있다. 하지만 반대로 말하면 이를 시행하지 않는 기업도 있다는 말이다. 한 사람의 노력만으로 해결될 수 있는 차원의 문제가 아니다. 고령화 사회가 가져올 여러 문제점들은 기성 세대와 우리 세대뿐 아니라 다음 세대로 이어지는 중요한 사회 문제라는 것을 잊지 말고 우리 모두가 적극적으로 문제 해결에 동참해야 할 것이다. 그리고 무엇보다도 정부가 앞서서 해결을 위해 노력해야 한다.

아웃 에이지드 (OUT-AGED)

| 아빠, 할아버지 할머니는 왜 저렇게 많으셔?

"안녕하십니까!"

경찰청 어느 부서의 문 앞에 서 있는 사람은 젊은 남자였다. 한눈에 봐도 대학교를 갓 졸업한 것 같은 남자가 자신들의 부서 앞에 서 있는 것을 보고 다들 머리를 굴려보는 눈치였다. 하지만 앉아 있던 사람 중 한 명이 이미 기다리고 있었다는 듯 자리에서 일어났다.

"아, 이제 도착했나? 재현군. 자, 오늘부터 우리와 같이 일하게 될 이재현이다."

이재현은 눈치를 보더니 자기소개를 하였다.

"오늘부터 사회안정과에서 일하게 된 이재현이라고 합니다. 처음이라서 잘 모르는 부분이 많지만 아무튼 잘 부탁드립니다!"

소개가 끝나자 앉아 있던 사람 중 가장 어려보이는 형사가 말을 꺼냈다.

"오오, 드디어 나에게도 후배가! 잘 부탁해, 후배님. 모르는 것이 있으면 나한테 뭐든지 물어봐."

그는 이재현과 나이가 비슷해 보였고, 약간 아이 같은 얼굴을 한 사람이었다. 그 다음으로 말을 꺼낸 것은 맞은편에 앉아 있던 꽤나 무서운 얼굴을 가진 형사였다.

"너도 초짜면서 신입 가르치려 드는 건 좀 아닌 것 같은데, 김성주 형사.

그리고 우리 과는 이런 앳된 젊은이가 그냥 막 오는 부서가 아닐 텐데?”

“이래봬도 수석으로 졸업해 여기 온 대단한 친구야. 원래 지원은 수사과였지만, 자리가 없어서 말이지. 여기에 있다가 수사과에 자리가 나면 아마전과할 거야. 그때까지만 우리 동료다. 잘 챙겨주도록.”

무섭게 생긴 형사는 헛기침을 했다.

“큼. 점수가 다는 아니지만, 뭐 덜 떨어진 놈이 오는 것보다는 나으려나. 난 박현진이라고 한다.”

박현진은 이재현에게 악수를 청했다.

“네, 이재현입니다. 잘 부탁드립니다.”

“우리 부서가 사람은 적지만 그렇다고 환영식 같은 걸 안 할 수는 없겠지? 다들 오늘 저녁…….”

그때 허리에 차고 있던 무전기에서 다급한 목소리가 들렸다.

“여기는 순찰차. 이천동에서 인질극이 벌어졌습니다. 사회안정과 형사님들 지원 요청 바랍니다!”

“하아ー.”

과장은 한숨을 내쉬며 모두에게 말했다.

“이번 일 빨리 끝내고 마시러 가보자고.”

이재현은 배속 받자마자 인질극이라는 사건이 터진 것이 정말 운도 없다고 생각해 한숨을 쉬었다. 착잡한 표정의 그를 보고 박현진이 말했다.

“신입 배속받자마자 사건이라니. 자네도 참 운이 없군. 요새 늙은이들이 고생을 좀 시키는구먼.”

“아, 요즘 이런 사건이 종종 있나 보죠?”

“자네, 뉴스 안 보고 사나?”

“아……. 안 보던 뉴스를 최근 보려니 잘 안 되네요.”

박현진은 한심하다는 눈으로 이재현을 바라보았다.

“그래도 말이지. 경찰이 된다는 사람이 뉴스를 안 보면 쓰나. 아무튼 현장까지 이동하면서 내가 최근 사건 기사들 보여주지. 우리 일과 연관되는 거니 무조건 봐줘야 해."

박현진은 자리를 박차고 일어나 밖으로 나갔고, 이재현도 뒤따라 나갔다.

이재현은 차 안에서 태블릿PC를 하나 받았다. 거기에는 최근 3개월 간의 사건들, 특히 노인과 관련된 사건들이 정말 많았다.

"우와, 이 정도일 줄은……. 정말 많네요."

"큰 사건 위주로 정리해 놨으니 도착할 때까지만이라도 대충 훑어보도록……."

이재현은 금방 그 뉴스들에 집중했고 그를 보며 박현진은 생각에 잠겼다. 그때 앞자리에 타고 있던 김성주가 이재현에게 말했다.

"어이 후배. 우리 사회안정과가 하는 일은 꽤나 힘들걸? 특히 정신적으로……. 마음 단단히 먹고 일해야 해."

이재현은 의아한 표정을 지으며 김성주를 바라봤다.

"충고 감사합니다. 그런데 정신적으로라니, 무슨 뜻입니까?"

"음, 그건 말이지."

현장에 도착한 듯 차는 멈췄고 과장이 말했다.

"이봐 김형사. 신입한테 겁주는 말은 자제하고 어서 가자고."

"넵!"

집 안으로 들어가니 경찰복을 입은 두 사람이 고전하고 있었다.

"그 칼 내려주세요, 할아버지."

"내, 내리면 니들이 날 잡아가지 않느냐!"

벌써 30분째란다. 똑같은 말만 반복되는, 지겨우면서도 긴장되는 시간이다. 할아버지가 들고 있는 칼에는 피도 묻어 있고, 인질은 의식을 잃은 상태였다. 과장은 한 가지 작전이 생각난 듯 박현진에게 눈짓으로 밖으로 나가

자는 사인을 보냈다.

"너희들은 할아버지를 잠깐 보고 있어라."

밖으로 나온 과장과 박현진이 작전회의를 했다.

"박형사, 내가 들어가서 시선을 끌면 넌 뒷문으로 들어가서 뒤에서 제압해."

박현진은 그 말을 듣고

"어이어이, 아무리 일하는 중이어도 지금 둘밖에 없는데. 내가 나이가 더 많잖아? 둘이 있을 땐 내가 형으로 불리기로 하지 않았나? 아무튼 알겠어. 내 전문이긴 하지."

두 사람은 작전을 짠 대로 집으로 들어갔다. 과장이 앞문으로 들어와 시선을 끄는 사이에 박현진이 잽싸게 범인의 손에 들린 칼을 발로 차 떨어트렸다. 당황한 그가 인질을 내팽개치고 도망가려는 것을 김성주가 출구를 막고 섰다.

"아앗!"

이어서 제압과 함께 수갑을 채우는 데 성공하였다. 이재현은 상황이 무서웠음에도 그 모습을 존경스러운 눈으로 바라보았다.

"들은 대로 실력이 보통이 아니십니다. 역시 형사가 되길 잘했네요."

박현진은 한숨을 쉬며 말했다.

"뭐, 네가 생각하는 것만큼 멋있는 직업은 아니야. 특히 우리과는 말이지."

의미심장한 말을 남기고 과장과 박현진은 집을 빠져나갔다.

'아까부터 나에게 겁주시려고 저러시는 건가?'

그때 벽장의 문이 이상하게 열린 것이 눈에 들어왔다. 이재현은 왠지 모를 의구심에 벽장문을 열어봤다. 그랬더니 벽장 안에서 왼쪽 팔이 털썩 삐져나왔다.

"이봐, 꾸물럭거리면 놔두고 간다?"

밖에서 박현진의 목소리가 들려왔다.

"혀, 형사님! 저기 옷장에⋯⋯."

박현진은 귀찮은 표정을 지으며 다시 집으로 들어왔다.

"왜 무슨 일이야, 옷장이 왜?"

벽장 안쪽에는 정신을 잃고 배에 피를 흘리고 있는 한 젊은 여자가 있었다. 상태를 살펴보던 박현진이 이재현을 향해 다급히 외쳤다.

"구급차 불러! 신입, 빨리! 출혈은 많지만 아직 미세하게 맥이 뛰고 있어!"

"아, 알겠습니다!"

얼마 지나지 않아 구급차는 도착했고 벽장 안에 있던 여자는 실려 나갔다. 의사가 말하길 찔린 방향으로 봤을 때 자기 자신을 찔렀을 일은 없다고 했다. 그녀를 찌른 흉기는 아마 날카로운 주방용 칼 정도라고 했다.

"그럼. 그 할아버지 칼에 묻어 있던 피는 인질의 것이 아니었나요? 인질도 다친 곳이 있었던 걸로 보였는데."

"음, 조사해 보면 알겠지만 둘 다라고도 생각해 볼 수 있지."

박현진은 잠시 생각에 잠기더니 다시 말을 이었다.

"아까 내가 보여준 사건들 잘 기억하고 있나?"

"물론이죠. 이래봬도 기억력엔 자신 있습니다."

"그럼 문제 하나. 사건들은 다 동기가 있겠지? 거기서 가장 많은 비율을 차지하고 있는 동기는?"

이재현은 조금 생각을 하다 바로 대답했다.

"아마 돈 때문인 사건이 제일 많았던 걸로 기억합니다만."

"정답이야. 아마 이번 사건도 확실하진 않지만 그런 종류겠지."

"역시 선배님. 배울 게 많습니다."

"뭐, 이런 잡담은 그만하고. 이제 우리도 청으로 돌아가자고. 그 친구들이 벌써 가해자 심문을 끝냈으면 좀 복잡한데."

이재현과 박현진은 더 이상 아무 말도 하지 않고 조용히 경찰청으로 향했다.

"왜 이런 일을 저지르셨나요? 할아버지."

사회안정과에 들어서니 김성주가 할아버지를 심문하고 있었다. 박현진은 안도하며 아까 있었던 일을 과장에게 전했다.

"……뭐 그렇게 된 이야기야. 신입이 오자마자 한 건 저질렀어."

과장은 조금 생각하더니 김성주 형사에게 갔다. 그와 몇 마디 이야기를 나누더니 김성주가 자리에서 일어났고, 그 자리에 과장이 앉았다. 박현진과 이재현도 관심을 가지고 그쪽으로 갔다.

"안녕하십니까? 사회안정과의 과장입니다. 오늘 있었던 일, 왜 그러셨는지 물어봐도 됩니까?"

할아버지는 겁에 질린 표정으로 대답했다.

"나는 그런 짓을 할 생각이 없었소!"

할아버지의 말이 끝나자마자 김성주 형사가 할아버지에게 화를 내며 말했다.

"아니, 할아버지! 아까부터 자꾸 똑같은 소리만 할 거야? 지금 장난하자는 것도 아니고!"

"어이, 김형사!"

김성주를 부른 사람은 다름 아닌 박현진이었다. 박현진은 그를 밖으로 데리고 나갔다.

"머리 좀 식히라고. 네가 화난 것은 이해하지만 일단 과장에게 맡겨봐."

"……."

이야기를 끝마치고 둘은 다시 사회안정과로 돌아왔다. 과장은 여전히 할아버지를 설득하고 있었다.

"그렇게 말씀하시기 싫으시다면 괜찮습니다. 하지만 자신이 저지른 범죄 행위에 대해 동기도 전혀 말하지 않으시면 형량이 더 커진다는 걸 모르시나 봅니다. 하지만 이제 늦었습니다. 동기를 말하실 생각이 없다고 적겠습니다."

"큼."

과장은 한 번 쉬고 다시 말을 이었다.

"자, 다음 이야기로 넘어가 볼까요? 사실 이 이야기가 더 중요한데, 피해자 집에서 나온 칼에 찔린 여성분. 어떻게 된 겁니까? 역시 할아버지가?"

"아니오. 그, 그런 짓은 한 적 없소."

"요새 의사 분들 실력이 다 좋으셔서서 말이죠. 상처만 보고 흉기가 어떤 물건인지 대충 나오던데. 자꾸 발뺌하실 건가요?"

"……"

"이 상태로 가면 할아버지가 범인이 되는 건 당연하고요. 진짜 범인이 아니라도 감옥에 들어가게 됩니다. 저흰 단지 죄에 따른 정당한 처벌을 받기를 원하는 겁니다. 그러기 위해선 왜 그러셨는지 우리가 알아야 하는 것 아닙니까?"

할아버지는 겨우 입을 열었다.

"실은…… 돈 때문이오."

할아버지는 한 박자 쉬고 과장을 바라봤다.

"이미 잘 알고 있다는 눈치군. 얼마 전까지만 해도 연금도 나오고 복지센터에서 쌀이나 반찬 같은 것도 줬는데 뭐 터무니없는 이유를 대며 주질 않는 것 아니오? 사정이 있다면 솔직하게 말해달라고 부탁했는데도 얼버무리고 넘어가드만. 그래서 주변에 좀 알아보니 노인인구가 많다고 정부에서 지원을 대폭 줄였다는 이야기를 들었소. 이해하려 했는데 이게 사람이 배고프니까 그것도 오래가지 않더라니. 이 나이 먹고도 죽는 게 무서워서 말이오."

과장은 들고 있던 기록지에 몇 가지를 적었다.

"네, 알겠습니다. 인질로 잡고 있던 아주머니와 벽장 안 여자와는 무슨 관계인가요?"

"그 여편네는 평소에 아주 망할 놈의 여편네였어. 아주 지나가는 사람마다 욕이며 뭐며 다 하고 다녔지. 그래도 아는 집이 거기밖에 없어서 찾아갔더니 아주 몰매를 맞고 내쫓겼소."

"그래서 우발적으로 그런 짓을 하셨단 말이네요?"

"그 집은 일단 딸내미가 잘 벌어와. 훔칠 생각이 있었소. 그래, 내가 다 잘못한 일이야."

과장은 적는 것을 대충 마무리하였다.

"잘 아시겠지만 할아버지가 저지른 일은 엄연히 살인미수입니다. 아니 어쩌면 살인이 될 수도 있죠. 아직 칼에 찔린 여성이 의식을 되찾았다는 소식을 듣지 못했으니까요. 그에 따른 처벌은 당연히 받게 되실 겁니다."

이때 과장의 주머니에서 전화가 울렸다.

"잠깐 실례하겠습니다."

과장은 이재현과 박현진을 지나쳐 밖으로 나갔다. 잠깐 통화하고는 박현진에게 잠깐 나오라고 손짓을 했다.

"다름이 아니라 칼에 찔린 여성이 죽었대. 아마 그곳에 자리가 하나 빌 거야. 오늘 이재현을 같이 데려가자고."

박현진은 조금 당황하였다.

"너무 이른 것 같은데?"

"나도 벌써부터 충격을 주기 싫은데 말이야. 적응할 수 있다면 조금이라도 일찍 하는 게 좋잖아? 그도 그런 것이 여기에 계속 있을 우리 동료니까."

"음…… 오케이. 하지만 고작 하루 만에 새로운 동료가 사라질 수도 있단 건 알아라."

"내가 제일 잘 알고 있다고."

과장은 억지로 웃으며 전화를 걸었다. 아마 윗분들에게 어떻게 처리할지를 묻는 것이라 박현진은 짐작했다. 들어가려던 발을 멈추고 통화가 끝나기를 기다렸다가 말했다.

"예상대로인가?"

"어, 그런데 이야기는 좀 하고 와야 할 것 같아. 이 일이 말 한마디로 끝나는 일은 아니잖아?"

"오케이."

그러고는 발걸음을 다시 사회안정과로 향했다. 박현진은 이재현과 할아버지에게 들리도록 조금 큰소리로 말했다.

"방금 전화가 왔다. 그 칼에 찔린 여자가 죽었다는군."

이재현과 할아버지는 표정이 굳어 버렸다. 이재현은 아까 자신이 발견한 여자가, 할아버지는 자신이 찌른 여자가 죽었다는 이유로 충격을 받았을 것이다.

"그런고로 일단 할아버지는 유치장에 들어가셔야겠습니다. 이재현, 그 할아버지 수갑 채우고 모시고 따라와."

이재현은 수갑을 채우고 철창으로 다가갔다.

"들어가시죠."

할아버지는 순순히 응했다. 곧장 철창문이 닫혔다.

"자, 과장 올 때까지 기다리는 일만 남았군."

"과장님은 뭐 하러 가셨나요?"

"높은 아저씨들에게 보고하러 갔어."

이재현이 고개를 끄덕거렸다.

"우리는 명령에 따라 행동하면 돼, 그런 역할이니……. 그 전까지 최근에 있었던 뉴스 다 봐놓도록 해."

"알겠습니다."

이재현은 자리로 돌아가서 컴퓨터를 켰고 금방 집중했다.

2시간쯤 지났을까. 과장이 돌아왔다.

"오오, 이재현 형사. 아마 기사 읽고 있겠지? 박형사님이 시켰을 거고. 근데 그 일은 지금 잠깐 멈춰둬. 할 얘기가 있어."

사회안정과에 있던 모든 사람이 과장에게 시선을 돌렸다.

"자, 김성주 형사와 박현진 형사는 벌써 아실 일인데 말입니다. 이재현 형사에게는 서프라이즈라고 하긴 좀 그렇지만 어쨌든, 직접 보여주는 것이 어떨까?"

이 말을 듣고 김성주가 약간 의아해 하며 과장에게 물었다.

"충격받지 않을까요? 아무것도 말 안 해 주는 건 심한데……."

"아니야. 할 것은 빨리 하는 게 좋을 것 같아서 말이야."

이재현은 긴장한 듯 마른 침을 삼켰다.

"음, 오늘 있었던 사건과 관련이 있다면 있지. 우리는 지금부터 오늘 사건처럼 큰 사건을 일으킨 노인 한 분을 만나러 갈 거야."

과장은 한 박자 쉬고 다시 말했다.

"근데 그 만나러 가는 것이 마지막이란 거지."

이재현은 그 말을 듣고 의아했다.

"마지막이라니요? 저희가 그 할아버지를 보는 것이요? 그게 뭐 어쨌다고."

과장은 조금 심각한 표정으로 고민하다가 말을 이었다.

"그래, 마지막이야. 일단 가자. 가보면 내가 한 말의 의미를 알 수 있을 거다."

먼저 나간 과장을 박재현, 김성주 두 형사가 쫓았다. 이재현 형사도 머뭇거리다가 한숨을 내쉬며 쫓아갔다. 그들이 향한 곳은 엘리베이터. 과장이 지하 3층을 눌렀다. 내려가는 동안 그 누구도 말을 꺼내지 않았고, 이재현은 그곳이 무슨 일을 하는 곳인지 궁금했지만 무거운 정적 때문에 물어보지 못했다.

엘리베이터에서 내려 조금 걷다 모퉁이를 도니 방이 여러 개 있었다. 어느 방 앞에 도착해 과장이 먼저 정적을 깼다.

"여기가 그 할아버지가 계시는 곳이다."

이재현은 무엇을 하는 곳인지 몰랐지만 뭔가 모를 음침함에 기가 죽어 있었다. 곧장 과장이 그 방문을 열었고, 안에는 오늘 사건의 가해자였던 할아버지와 연령대가 비슷해 보이는 분이 침대에 앉아 신문을 보고 있었다.

"일단 형사님들은 문 밖에서 대기."

과장은 말을 끝내고 할아버지 앞으로 걸어갔다.

"할아버지, 오늘 약 드실 시간이에요. 아직 약 안 드셨죠?"

"오오, 오늘은 자네가 들고 와줬구만. 고맙네. 나 같은 사람 때문에 이런 누추한 곳에 오게 하다니."

"아닙니다. 이것도 제 일 중 하나인 걸요."

할아버지는 과장이 건넨 알약 한 알과 테이블 위에 있던 물을 마셨다.

"그럼, 저희는 이만 가보겠습니다. 몸조리 잘 하시기 바랍니다."

"어, 다음에 보세."

그러고는 과장이 방에서 나왔다. 이재현은 넋을 잃은 표정의 과장에게 궁금함을 참지 못하고 물었다.

"도대체 이게 무슨 일인가요? 안에서는 약만 주신 것뿐인데, 왜 그렇게 창백하게 나오신 거죠?"

과장이 대답을 하려는데 박현진이 막아섰다.

"신입. 우리과는 범인을 잡는 것이 주요 할 일이지만, 한 가지 일이 더 있어. 바로 '사형 집행' 이다."

"사형 집행이라뇨? 우리나라에 사형은 금지 아닌가요? 아니 그럼, 설마 과장님이 할아버지께 먹이신 그 약이……."

"요새는 편안하게 주무시면서 죽기를 원하는 노인이 대부분이야. 거기에다 가족들은 관심도 없지."

"이, 이런 게 어디 있어요, 사람을 죽이다니! 지금 그게 경찰이 할 일이라고 생각해요? 아니 경찰이 문제가 아니라 사람으로서 할 일이 있고 안 할 일이 있죠! 수사과에 가고 싶어 하는 사람 여기 붙잡아두고 이런 말도 안 되는 일을 보여주다니……. 진짜 다들 미쳤어.”

이재현은 소리를 지르며 엘리베이터 있는 쪽으로 달려갔다.

“제가 따라 갔다 올게요. 뒤처리는 부탁드립니다. 선배님들.”

김성주가 이재현을 쫓아 엘리베이터 쪽으로 갔다. 하지만 엘리베이터 문은 이미 닫혔고, 김성주는 옆에 있는 비상용 계단으로 올라갔다.

B2…… B1…… 1층. 김성주는 1층에 도착해 두리번거리다 정문 쪽으로 향하고 있는 이재현을 발견해 그쪽으로 뛰어갔다.

“어이, 후배! 나랑 얘기 좀 하지.”

“할 얘기 없습니다. 이런 일을 할 줄은 몰랐습니다.”

이재현은 김성주를 째려보고는 다시 밖으로 발걸음을 옮겼다.

“헤이 이봐, 얘기 잠깐만 하자니까. 오늘 출근하고 한 끼도 못 먹었지? 뭐라도 먹자고. 아, 그럴 기분은 아닌가?”

“지금 이런 상황에 장난이 치고 싶으십니까? 그리고 당신들 같은 살인자들과는 얘기할 마음 없다고 했는데요?”

김성주는 ‘살인자’라는 단어가 나오자 흠칫했다. 김성주의 표정이 처음으로 굳어졌다. 이재현은 미안하다는 생각이 순간 들었지만 곧바로 마음을 고쳐먹었다.

‘이 사람은 정말 살인자다. 마음 약해지면 안 돼.’

이재현이 잠깐 생각하는 동안 김성주가 말을 꺼냈다.

“후배님, 우리를 살인자라고 말하는 것 자체는 이해가 가. 하지만 우리 입장도 생각하고 말해 주면 안 될까?”

“입장이라뇨? 사람을 죽인다는데 입장이고 뭐고 그런 게 어디 있습니까? 무조건 잘못됐죠!”

김성주는 잠깐 멈칫했다. 하지만 곧 말을 이었다.

“사실, 우리 과 모든 구성원들은 문제를 안고 있어. 그건 바로 사람에게 피해를 주는 큰 사건을 일으켰단 거지. 후배 너도 그 쪽 관련 전과가 하나쯤 있지 않아? 요새 경찰에 지원하는 사람이 적어서 수사과에 자리가 모자랄 일은 없어. 네가 여기에 온 이유는 따로 있다고."

"저 같은 사람이 그런 짓을 할……."

순간 이재현은 말을 머뭇거렸다. 자신이 고등학교를 재학 중일 때 저지른 인생 최대의 실수가 생각났기 때문이다. 상해사건! 3명이나 크게 다치게 해서 퇴학을 당할 뻔했던 큰 사건이다. 그 일을 잊어버리고 있었던 자신이 한심했다.

"표정을 보니 확실히 뭐가 있나보군."

"그럼 혹시 그 과장님도 큰 잘못을 한 건가요?"

"과장님은 형사 일을 하는 도중 실탄을 발포했어. 그 자체는 문제가 전혀 되지 않았지. 하지만 그때 자신의 사격 솜씨를 너무 믿은 나머지 범인의 행동을 제압하려던 실탄이 심장에 박혀 버린 거야. 그래도 과장님 실력을 아끼던 윗분들이 실수를 덮으려고 했지만 과장님 자신이 이런 상태로는 일을 할 수 없다고 했지. 그래도 아까웠는지 과 하나를 더 만들어 주려 했는데 한 명으로는 새로운 과를 만들 수 없으니."

"그래서 박형사님이 다른 과에서 사회안정과로 전과하셨나요?"

김성주는 그 물음에 대답하기 꺼려하는 눈치였다. 하지만 곧 결심한 듯 말했다.

"흠, 사실 박형사님은 형사가 아니야. 아니 정확히 말하자면 전직 형사."

이재현은 상당히 놀란 표정을 지었다. 오늘 하루 박재현을 보고 존경심을 가진 이재현에게는 충격이었다. 그리고 다음 말은 쐐기를 박았다.

"그분은 교도소에 한번 갔다 오신 분이야."

"네?"

"그냥. 그 이야기는 다음에 해 줄게. 말하자면 길기도 하고 거리낌 없이 얘기하긴 너무 무거운 내용이라……. 간단히 말하면 이분도 실수 때문이야. 어쨌든 본론으로 돌아가서 사회안정과가 생길 때 '사형 집행'이란 일을 굳이 선택하지 않아도 됐었대."

김성주는 손목시계의 시간을 확인했다.

"시간이 많지 않으니 간단하게 말할게. 사회안정과는 말이지. 이 일을 하지 않는 선택지도 있었지만 우리가 하지 않으면 누군가는 해야 하는 일이야. 사형을 집행하는 '집행관'과 비슷한 모습이랄까?"

"아……."

이재현은 갑자기 미안한 마음이 들었다. 이들도 하고 싶어서 하는 일이 아닐 것이었다. 그저 남들에게 시키는 것보다는 자신들이 하는 것이 훨씬 낫다고 생각하며 일을 한다. 이 때문에 비난을 받고 정신적으로 피해를 당해도 이 일을 해 나가고 있는 것이다.

"후배님, 나도 후배님과 똑같은 경험을 했어. 지금 무슨 생각을 하는지 맞춰보라면 바로 맞출 수 있지. 하지만 그 질문에 대답하는 건 네 자신이 되어야 해. 남들을 위해서라고 해서 무작정 한다면 그건 단순히 멍청한 거야."

이재현은 고민이 되었다. 하지만 머리로는 자신이 무슨 선택을 할지 이미 알고 있었다. 하지만 곧장 말하진 못했다.

"난 네가 무슨 말을 하든 찬성이야. 네 선택에 자신을 가지는 것이 제일 중요하다고 본다."

"그럼……."

이재현은 조금 간격을 두었지만 금방 말을 이었다.

"제가 이 일을 어떻게 헤쳐 나갈지 이 일을 하면서 고민해 보겠습니다."

후기

한 해 동안 내가 그린비에서 겪은 경험은 어느 책 한 권의 내용보다 더 소중하다.

1학년 때는 무엇을 하고 싶은지, 무엇에 흥미가 있는지에 대해 전혀 관심이 없었다. 그대로 1년을 보내고 나니 내 삶이 무기력하고 의미가 없다고 느껴졌다. 그래서 그 해 겨울방학, 난 내가 재밌어 하는 일들을 한 번 나열해 보기로 하였다.

며칠을 생각해서 나온 결과가 '게임'과 '미스터리 장르의 소설 읽기'였다. 게다가 이 두 가지는 평소에도 특별한 일 없으면 하는 취미 생활이라서 내 인생을 의미 있게 만들기는 힘들다고 생각했다. 그 상태로 겨울방학이 끝나버렸다.

다음해로 넘어가 2학년이 되고 난 어느 날, 나에게 엄청난 기회가 찾아온 기분이었다. 학교 칠판 옆 게시판을 보니 동아리 홍보 포스트가 몇 개 붙어 있었다. 그중 가장 눈에 띄고 관심 있었던 것이 책쓰기 동아리 '그린비'였다. 그때 생각했다. '아예 미스터리 소설을 써보는 것이다.'

홍보 포스터를 본 다음날 바로 가입 신청을 하였고, 며칠 후 첫 동아리 시간이 찾아왔다. 나는 단순히 자기가 쓰고 싶은 책을 쓰는 줄 알았는데 알고 보니 동아리 부원들이 큰 주제를 하나 정하여 거기에 관련된 글을 쓰는 것이었고, 많은 연습도 필요하였다. 솔직히 조금 아쉬웠다. 주제가 빗나간다면 나는 미스터리 소설을 쓸 수 없게 되는 것 아니냐라는 것 때문이었다. 하지만 반대로 나는 아이디어가 조금 부족한 편이었기 때문에 오히려 괜찮을 수도 있겠다고 생각했다.

주제를 정하는 시간. 여러 안건이 나왔는데 그중에서도 사회 문제에 대하여 수필+소설(혹은 우화)을 쓰기로 하였다. 나는 미래 사회에 가장 큰 문제가 될 것 같은 고령화 사회에 대해 쓰기로 하였다.

여러 연습들을 거치고 드디어 주제에 관련된 글쓰기를 하는 날이 왔다. 먼저 수필을 쓰고 그에 맞게 소설을 쓰는 방식이었다. 수필은 무난하게 썼다. 하지만 소설이 문제였다. 소설을 써야 하는데 처음 쓰는 것이라 긴장도 되고 무엇을 어떻게 쓸까도 고민이 많이 되었다. 결국엔 어찌어찌 써졌는데 첫 작품은 거의 패망이었다. 그린비 담당 이은희 선생님이 돌려 말씀하셨지만 정말 재미 없으셨단다. 약간은 풀이 죽었지만 다시 쓰기로 하였다.

2주 가량 주제를 생각하다 겨우 떠오른 구상이 내가 쓴 소설, 아웃 에이지드(OUT-AGED)이다. 이 소설을 쓰면서 나름대로 상상하고 친구들에게 물어보고 자료를 찾아보고 한 과정이 훨씬 재미있었다. 사실 지금 돌이켜보니 재미있었다고 느껴지지만, 쓸 때는 스트레스를 많이 받기도 했다. 하지만 잊지 못할 좋은 경험이었다.

사 |구멍 회적 문제, 차별

　차별이란 둘 이상의 대상을 각각 등급이나 수준 따위의 차이를 두어서 구별함, 또는 그 행위를 이르는 말이다. 차별은 아주 오랜 옛날부터 우리 주위에 존재해 왔다. 성차별, 인종차별, 문화차별, 종교차별, 성적 소수자 차별 그리고 신분차별 등이 그 예이다.

　성차별이란 성별로 인한 차별, 남성이나 여성이라는 이유만으로 받는 차별을 이른다. 예를 들어 한 회사에서 사원을 뽑는다고 가정하자. 이 회사는 주로 행하는 업무로 인해 체력이 좋은 남성 사원을 원하고 있었다. 하지만 지원자는 남성, 여성 지원자 한 명씩이다. 그렇다면 이 회사의 면접관은 남성 지원자를 뽑을 것이다. 그리고 반대로 생각해 보면 대부분의 나라에서는 여성이 남성보다 더 조심스럽고 세심한 일은 더 잘한다는 인식이 굳어져 있기 때문에 이 상황에서라면 여성 지원자를 뽑을 것이다.

　사람들은 여러 인종으로 나뉘어져 있다. 대표적인 것이 백인, 황인, 흑인이다. 우리는 가끔씩 이런 인종의 차를 두고 차별을 두는 경향이 있는데 이것을 인종차별이라 한다. 인종차별의 대표적인 예는 2가지를 들 수 있다. 첫 번째는 오래 전 아프리카 대륙에 거주했던 흑인 노예들에 대해서이다. 이들은 유럽의 여러 나라에서 자신의 물품과 흑인들은 자기 자신을 거래당하여 노예생활을 하였고, 일부는 일을 못 한다는 이유로 주인에게 죽임을 당하기도 하였다. 두 번째는 세계 제 2차 세계 대전을 일으킨 장본인인 아돌프 히틀러의 유대인 대학살이다. 이는 히틀러가 자신의 민족의 우월성과 위상을 높이기 위해 약 600만 명의 유태인과 동성애자, 집시, 홈리스 등을 학살한 사건이다.

문화차별이란 나라마다 존재하는 문화의 차이를 이해하지 못해 차이를 두는 것이다. 문화차별의 종류에는 여러 가지가 있다. 그중 외국에서는 신발을 신고 집에 들어가지만 한국, 일본, 중국 등과 같은 동북아시아의 나라에서는 그렇지 않다는 사소한 것부터 자신의 나라 혹은 자신과 맞지 않다고 다른 문화를 가진 자들을 배척하는 것까지이다. 그리고 가장 눈에 띄는 것은 일본의 '오타쿠 문화'이다. 본래 오타쿠라는 말은 한 분야에 열중하는 사람을 이르거나 일본어로 '당신'의 존칭인 '댁'을 뜻하지만 가타카나로 쓰여 '이상한 것에 몰두하는 사람 혹은 연구하는 사람'이라는 뜻으로 변질되었다. 그리고 대부분의 사람들이 오타쿠를 단순히 애니메이션에 나오는 캐릭터를 좋아하는 변태라는 인식 역시 굳어져 단순히 만화나 애니메이션에 관심을 가지는 사람도 기분 나쁘다며 차별 받기도 한다.

종교차별이란 자신과 다른 종교(가치관, 신념 포함)를 가진 사람들을 배척하는 행위이다. 대표적인 예로 인도와 파키스탄을 들 수 있다. 이 두 나라는 본래 영국의 식민지배를 받던 한 나라였으나 영국의 식민지배가 끝났을 무렵 종교적 의견 차로 인해 힌두교를 믿는 자들은 인도를, 이슬람교를 믿는 자들은 파키스탄이라는, 각각 나라를 따로 세우는 지경까지 이르렀다. 만약 이들이 종교에 구애 받지 않고 간디가 원했던 것처럼 의견을 합하였다면 두 나라로 분열되는 슬픈 일은 일어나지 않았을 것이다. 하지만 이러한 종교적 차이로 인해 이들은 서로 같은 민족임에도 불구하고 지금까지도 정치적으로 대립하고 있다.

성적 소수자 차별이란 말 그대로 성적으로 소수에 위치한 사람들을 차별하는 행위이다. 이러한 성적 소수자들은 동성애자, 트랜스젠더 등의 성적으로 소수인 사람들을 의미한다. 하지만 현대 사회에서 성적 소수자들은 좋지 않은 눈초리를 받고 있다. 그 대표적인 예로 연예인인 '홍석천'을 들 수 있다. 구체적으로 홍석천이라는 연예인이 어느 날 갑자기 자신이 동성애자라고 밝힌 사건을 볼 수 있는데 홍석천이 동성애자임을 밝히자 연예계에서 거의 퇴출된 것 같은 대우를 받기 시작했다. 이후에 '하리수'라는 연예인 또한 자신이 트렌스젠더라고 밝히고 당당히 활동에 임하자 어느 정도 심한 대우가 줄어들기는 했지만 대부분 사람들의 좋지 않은 시선을 전부 지우지는 못하였다.

마지막으로는 우리의 역사에서부터 지금까지도 남아 있는 신분차별에 대한 것이다. 신분차별이란 신분의 높고 낮음 또는 재산, 권력 등에 따라 차이가 나도록 대우하는 것이다. 우리 문화에서만 해도 고전문학인 '홍길동전'에서 신분에 따른 차별에 대해 다루고 있기 때문이다. 예를 들어 홍길동은 분명 자신의 아버지와 혈연관계가 분명함에도 불구하고 자신의 아버지를 아버지라고 부르지 못하였고, 또 그러한 사정으로 인해 주위 사람들에게 천대를 받기도 하였다. 그리고 우리나라뿐만 아니라 다른 나라에서도 신분에 다른 차별은 존재했다. 귀족과 천민, 서자와 적자, 가문부터가 귀족자리를 해온 자와 그렇지 못한 자 사이에서도 차별은 빈번히 발생해 왔다. 요즘은 다들 신분제가 사라졌다고 생각하지만 현대에도 돈이나 권력 등과 같은 요소로 보이지 않는 신분이 존재하고 있다.

옛날부터 끊임없이 우리 주변에 존재해 왔고 지금도 여전히 남아 있는 차별, 이것을 완전히 없애기 위해서는, 개인적으로는 상대가 이상하거나 틀린 것이 아니라 그저 외모, 나이, 성별, 그리고 신체적 특징처럼 다른 것이라는 인식이 필요하고 이를 통해 상대와의 다른 점은 받아들일 수 있는 넓은 마음을 가질 필요가 있다. 또한 사회적으로는 이렇게 차별 받는 사람들이 피해를 받지 않을 수 있도록 여러 가지의 제도를 마련하는 노력들이 필요하다.

웃음소리 |구멍

"자, 자 조용!"

교실 안에서 선생님의 목소리가 들려온다. 그러자 안에서 떠들고 있던 학생들의 목소리가 잠잠해진다. 조용해진 것을 확인한 선생님은 "크흠－" 하며 목을 풀었다.

"오늘 우리 반에 일본 유학생이 한 명 오기로 했다. 들어와라."

〈 '아, 긴장된다.' 〉

조금이라도 긴장을 풀어보기 위해서인지 교실 밖에 서 있는 검은 머리칼의 남학생은 숨을 깊게 들이마시고 또 내쉬기를 반복하였다. 그러다가 안에서 들려오는 선생님의 목소리에 교실 문을 열고 들어갔다. 반 아이들의 시선이 느껴지는지 남학생은 긴장한 표정 그대로 교탁 옆에 가서 섰다.

"안녕하세요. 일본 도쿄에서 온 야마다 히로토라고 합니다. 잘 부탁드립니다."

남학생이 자기소개를 마치자 선생님은 반 아이들에게 질문할 것이 있으면 하라는 제스처를 취하셨고, 앞에 앉은 안경 낀 여학생이 손을 들고 질문했다.

"한국어를 잘 하는 것 같은데 배운 거야?"

그에 남학생, 히로토는 가능한 한 친절한 얼굴로 답하였다.

"친척들 중에서 한국인이 있어서 배울 기회가 있었어."

반 아이들 몇이 신기하다는 듯이 바라보았고 이내 반은 처음처럼 다시 시끄러워지기 시작했다. 선생님이 다시 조용히 하라며 호통을 치시자 다시 조용해졌다. 질문시간이 끝나자 선생님은 뒤에서 두 번째 줄에 비어 있는 자리를 가리키며 앉으라 하셨고 히로토는 발걸음을 옮겼다. 그가 자리에 가까워지자 그의 눈에 자세히 보이는 한 명이 있었다. 히로토의 뒷자리에 앉은, 왁스로 머리를 한껏 올린 남학생이 그를 향해 비릿한 미소를 짓고 있었다. 애써 그 미소를 무시하며 자리에 앉은 히로토는 뒤에 앉은 그가 자신의 어깨를 두드리자 뒤를 돌아보았다.

"난 백승철이라고 한다. 잘 부탁해."

그가 내민 손을 맞잡고는 히로토가 웃으며 답했다.

"나도 잘 부탁해."

'킥, 킥, 큭큭큭……'

열심히 배운 한국어로 답을 했는데, 백승철과 같이 맨 뒷줄에 앉아 있는 학생들이 비웃음을 날리고 있었다. 그 웃음의 의미가 잘 이해되지 않았지만 떠들지 말라는 선생님의 목소리에 급히 앞으로 고개를 돌렸다.

〈 '나는 그때 그 웃음의 의미를 이해했어야 했다.' 〉

유학 오고 나서 며칠 정도 지난 어느 날, 수업을 마치고 가방을 싸고 있던 히로토에게 백승철이 갑자기 찾아와서 대화를 좀 나누자며 화장실로 오라고 했다.

'하필 왜 화장실이지?'

그를 따라가니 안에는 그와 함께 몰려다니는 학생들 몇 명도 눈에 띄었다. 히로토가 대체 무슨 일이냐며 그를 불러 세우자 백승철을 뒤돌아 보며 말했다.

"부탁이 있는데, 지금 매점 가서 빵 좀 사다주면 안 될까?"

갑작스럽고 황당한 부탁에 히로토는 퉁명스럽게 답하였다.

"그, 그런 건 네가 직접 사."

그러자 백승철과 같이 다니던 학생들이 그를 붙잡고는 움직이지 못하게 했다. 그리고는 백승철이 다가오더니 오른손으로 뺨을 내리쳤다.

'짜악-!'

"왜 때리는……."

'퍼억!'

히로토가 저항하려 하자 백승철은 반대쪽 주먹으로 그의 복부를 강하게 휘둘렀다. 배에서 느껴지는 격통에 다리에 힘이 풀려 한 손으로는 배를 움켜쥐고 다른 손으로는 벽을 짚은 채 간신히 서있었다.

"하아……. 씨×. 이래서 일본 원숭이 새×들은 맞아야 정신 차린다니까."

백승철은 그의 몸 이곳저곳을 또 가격하기 시작했다. 머리, 어깨, 팔, 옆구리, 배, 등, 다리 등 아픔이 느껴지지 않는 곳이 없었다.

'아프다, 아프다…… 아프다, 아프다, 아프다…….'

히로토의 머릿속에는 아프다는 생각 밖에 없었다. 그렇지만 백승철은 구타를 멈추지 않았다. 그렇게 꽤 오랜 시간이 흘렀다. 입 안에서 피가 터졌는지 비릿한 맛이 히로토의 입에서 느껴졌고 온 몸에 멍이 들지 않는 곳이 없었다. 백승철은 그런 히로토의 머리채를 잡고는 말했다.

"다음부터는 반항하지 마. 그러면 이거보다 더 심해진다. 알았냐?"

히로토는 간신히 고개를 끄덕였고 그런 히로토의 모습이 재미있는지 일행은 한동안 비웃음을 날리더니 이내 화장실에서 나갔다. 히로토는 그들이 사라진 후에도 한참 동안을 화장실 바닥에 주저앉아 있었다.

백승철에게 히로토가 모진 구타를 당한 다음 날부터 그의 학교생활은 꼬이기 시작했다. 사람이 많은 곳에서는 친한 척하다가도 히로토가 마음에 들지 않는 행동을 하거나 하면 사람이 없는 곳으로 끌고 가서 그를 구타하였다.

그러던 어느 날 담임선생님이 히로토를 따로 부르셨다. 처음에는 평범한 안부를 묻더니 이내 혹시 괴롭히는 친구가 있느냐고 물으셨다. 히로토의 가슴 속에 미약하나마 희망의 불길이 피어올랐다. 선생님에게 도움을 청하면 자신을 이 지옥에서 꺼내주시지 않으실까. 그런데 선생님의 얼굴을 보자 그 생각들은 곧바로 사라져 버렸다. 마치 골칫거리를 보는 듯한 시선, 귀찮아 하는 표정이 보이자 고개를 떨구었다.

"아니요. 아무 일도 없어요."

그렇게 한 달, 두 달이 지났고 백승철은 이제 대놓고 히로토에게 빵 심부름을 시켰고 그런 그들에게 몇몇 아이들이 따지기도 했지만 거기서 그칠 뿐, 직접적인 도움은 없었다. 오히려 시간이 지날수록 그들의 행위는 더욱 가혹해져만 갔다. 심한 경우에는 물고문을 하기도 했다. 하루하루가 괴로웠다. 예전에는 그래도 자주 웃고 다녔지만 어느새 히로토의 얼굴은 딱딱하게 굳어버렸다.

'…… 어째서?'

어째서 자신이 이런 일을 당해야만 하는가? 처음부터 줄곧 해온 생각이었지만 대답은 떠오르지 않았다. 그러다 히로토의 머리 속에서 하나의 생각이 떠올랐다. 이 방법으로 그들이 반성할 것 같지는 않지만, 그래도 그 방법밖에는 없었다. 곧바로 가방에서 종이 한 장을 꺼냈다. 거기에다가 지금까지의 백승철의 행위를 낱낱이 기록했고 그에 가담한 이들의 이름까지 빠짐없이 기록했다. 히로토는 그 종이를 접어 주머니에 넣고는 교실을 빠져나왔다.

"야, 저 녀석 어디 가냐?"

"몰라. 자살이라도 하지 않겠냐? 지금껏 당한 게 있는데, 큭큭."

"저놈이 그럴 배짱이 있겠냐?"

"뭐, 하긴 그렇지. 큭큭큭."

교실을 나와 옥상으로 향하는 것을 본 백승철 패거리가 차갑게 비웃었다. 히로토는 어금니가 부서지도록 꽉 깨물었다. 옥상 문이 사슬로 묶여 있었지만 대충 묶어 놓아 한 사람 정도는 지나갈 수 있었다. 그 사이로 빠져나가 옥상 난간에 섰다. 밑을 내려다보니 마침 백승철이 친구들을 데리고 어딘가로 가고 있었다. 그들 중 하나가 히로토를 보았는지 이내 전부 옥상을 향해 시선을 돌렸다. 곧 그들의 얼굴에 당황하는 표정이 감돌았다. 적어도 히로토의 눈에는 그렇게 보였다.

이번에는 히로토가 백승철에게 비릿한 미소를 지어주었다. 그리고 보란 듯이 허공에 발을 내딛었다.

'쿵!'

사람들이 하나 둘 모이기 시작했다. 여학생들의 비명소리, 선생님들이 학생들에게 빨리 들어가라며 재촉하는 소리…….

빗방울이 떨어지기 시작하더니 이내 폭우가 쏟아졌다. 얼마 지나지 않아 구급차가 시끄러운 사이렌 소리를 울리며 도착하였다.

매년 이맘때면 학교의 많은 사람들이 누군가가 뛰어내리는 모습을 본다고 한다. 하지만 정작 놀라 밖으로 나가보면 아무도 없다. 그저 예전의 흔적, 지워지지 않는 핏자국만 자리할 뿐이다.

안녕하세요. 지금까지 여러분이 읽으신 글을 작성한 고관진이라고 합니다. 눈치 채셨겠지만 이 글의 주제는 사회문제, 그중에서도 차별에 대한 문제입니다. 차별에 대해 글을 적어나간다는 것이 쉽게 느껴지는 분도 있을 겁니다. 저 또한 그랬으니까요. 하지만 막상 이 이야기들을 글로 옮기려고 하니 막히는 부분이 한두 곳이 아니더군요.

일단 처음으로 막혔던 부분은 '어떤 차별을 다루는가'였습니다. 소설에서는 일본에서 전학 온 학생이 따돌림을 당하는, 간단하다면 간단한 내용이지만 글을 쓰는 동안 난해한 부분이 적지 않았습니다. 그러다 마침 한국과 일본의 정세가 좋지 않다는 소식이 들려와 '그래, 이걸로 한 번 해보자' 생각했습니다. 여기에다가 우리나라에서 끊임없이 파문을 일으키고 있는 청소년 자살 문제를 합쳐보면 어떨까 하는 생각이 들어 이 글을 쓰기에 이르렀습니다.

그리고 제 글이 자살이라는 슬픈 형태로 막을 내리다 보니, 등장인물이 짧은 시간에 가혹한 대우를 너무 많이 받은 것 같아 안타깝습니다. 하지만 어쩌겠습니까. 차별에 대한 경각심을 일으킬 수 있는 가장 확실한 방법이라고 생각해서 그 방법을 사용했습니다.

끝까지 제 글을 읽어주시고 후기까지 읽고 계신 독자 여러분들께 감사하다는 말을 남기고, 작가 고관진은 이만 물러가볼까 합니다. 그럼 내년 작품과 후기에서 또 여러분을 만나 뵙게 될 그 날까지 모두 건강하십시오.

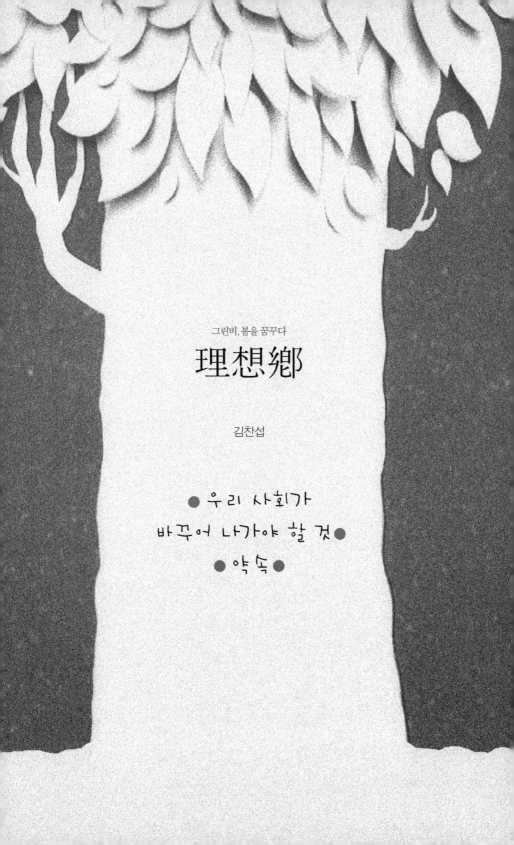

우리 사회가 바꾸어 나가야 할 것

理想鄕

– '금피아' 에 관하여

'금피아……'

이 글을 읽고 있는 여러분에게 이 단어는 참으로 생소한 말일 것이다. 그리고 이 단어를 읽는 순간 아마도 '마피아' 라는 단어가 연상될 것이다. 금피아는 마피아와 금융감독원의 합성어로, 우리나라 금융권에서 무시무시한 힘을 가진 금융계의 마피아라는 뜻이다.

이 '금피아' 라는 신조어는 도대체 왜 만들어진 것일까? 금감원 즉 금융감독원은 주요업무가 금융회사들을 관리·감독하는 일이다. 하지만 금융감독원이 독점적으로 금융 감독을 하다 보니, 금융감독원의 사람들과 금융회사간의 일종의 밀거래가 시작되었다. 은행 같은 금융 기업들은 감독을 받을 때에 문제점이 드러나면 기업 이미지가 저하될 뿐만 아니라 여러 문제들이 발생하게 된다. 그래서 이러한 문제가 발생하지 않도록 거래를 하게 된다. 금감원측은 금융 기업들이 제약을 받지 않게 해주고 금융회사들은 감독들이 금융감독원에서 은퇴한 후에 많은 돈을 받으며 노후를 즐길 수 있도록 자신의 회사 감사직에 넣어주는 밀거래가 발생하기 시작한 것이다.

이렇게 '나 하나쯤 혜택을 봐도 되겠지.', '이 정도쯤 봐줘도 되겠지.' 라는 생각을 하면서 금융사 내부의 작은 문제들을 가리며 이익 창출만 추구하다 보니 더 큰 문제가 터져 나오는 것도 당연하다고 생각한다. 2013년 6월 즈음에 KCB신용평가사 직원 한 명이 카드사로 파견을 나가 주요 카드사의 고객 개인정보를 유출시켜 대출광고업자와 대출모집인에게 정보를 넘겼다. 이때 카드사에서 바로 알았더라면 피해를 조금이나마 줄일 수 있었다. 하지만 이들은 무려 7개월이나 이를 인지하지 못하다가 2014년 1월 검찰의 발표 후에야 알게 되었다. 금융권과 '금피아'의 밀거래 때문이다. 이들은 즉시 사과문을 올리고 개인정보 유출여부를 확인할 수 있게 하였으며, 개인정보의 부정사용 시 전액보상을 하겠다고 발표하였다.

이렇게 작은 부정을 덮으려다가 더 큰 사고를 내면서 피해는 고객들이 보게 되었다. 여러분에게 대출광고 같은 스팸메시지가 가거나, 인터넷 아이디가 도용당하는 것 또한 감독의 허술함으로 인한 개인정보 유출일 가능성이 높다.

그렇다면 우리는 어떻게 해야 할까. 사실 금피아들이 계속 사건사고를 발생시켜 이들을 막기 위해 여러 차례 법을 제정하기도 했다. 하지만 금피아들은 교묘하게 법망을 다 피해 다녔고 잠시 숨어 있다가 다시 나타나기도 했다. 우리는 이를 근본적으로 바꾸기 위해 우리의 생각을 바꿀 필요가 있다. 우리의 일반적인 생각, '뭐 이런 것쯤이야. 하나 정도는 괜찮겠지.'라는 사소한 생각 자체가 이러한 사회분위기와 상호작용한다고 생각한다.

우리는 '작은 것이니까, 사소한 일이니까 이 정도쯤이야 살짝 넘어가도 되지 않을까' 생각한다. 그러나 뒤집어 생각해 보면 사소하고 작은 상태일 때가 잘못을 바로잡기에 가장 쉬울 때인 것이다. 어른들이, 사회가 혹은 대통령이 어떤 획기적인 대책을 세우기를 바라기보다 우리부터 생각을 바꾸면 어떨까.

약속 | 理想鄉

"아버지, 그동안 잘 계싯는교? 날도 더운데 이까지 나오시고……."

아버지께서는 동구 앞 느티나무 앞에서 나를 기다리고 있었다.

"오냐, 뭐 요새 혈압약 꼬박꼬박 묵었더만 고마 벌떡벌떡 뛰댕길 정도까지 됐다 아이가. 그래, 니는 잘 있었나? 니 바빠가 얼굴 못 본 지도 몇 달이고?"

"예, 뭐 저는 직장 잘 다니고 있습니더. 죄송해요."

"괜찮다. 니 잘 지내면 된 거지. 그래, 그쪽은 별 탈 읎나?"

"아니요. 요새 또 한창 시끄럽네요."

"아이고……. 울 아덜 요새 많이 힘든갑네. 일단 집으로 가서 애기 하자잉."

"예."

두 개의 그림자가 나란히 길을 걸어갔다. 해는 어느덧 뉘엿뉘엇 지고 있었다. 집에 온 뒤 나는 식사 후 아버지와 마루에 걸터앉았다.

"아버지, 왜 이래 식사를 못하십니꺼. 그러고 보니 많이 마르셨네요. 병원에 가서 검사해 봐야겠는데요."

"더위 먹어서 그런갑다. 그런데 니 댕기는 금감언인가 뭐시긴가 거기는 뭐 때매 그래 시끄럽노?"

"아, 그 일요? 원래 금감원이 금융 쪽을 관리 감독하는 곳인데, 계급이 높은 사람들이 사고를 쳤어요. 금융 쪽 사람들을 감시해야 하는데 제대로 감시를 안 했거든요. 그러다가 이번에 카드사에서 정보유출사건 터지니까 카드사랑 거래해서 정보유출도 쉬쉬해 주다가 기자들에게 딱 걸렸어요. 그래서 지금 난리도 아니에요."

"아이고, 그런 나쁜 놈들이 있나. 그놈들은 이제 우짠다 카든데?"

"지금 잡힌 사람들은 일단 회사에서 나갔는데요. 그 사람들이 문제가 아니라 다음에도 이런 일이 발생하지 말라는 법이 없으니……."

"그라믄, 뭐 막을 방도라도 회사에서 세워났나?"

"요새 분위기가 안 좋아서 한동안 막힐 것 같기는 한데, 요새 그 틈으로 정치인들이 들어갔다고 하더라고요. 최근에 예금보험공사 감사로 김중인 전 새누리당 충남도당 서산·태안당원협의회 위원장이라는 사람이 되었다던데……. 전문가도 아닌 사람들이 맡으면 더 큰 피해만 올 거 같은데, 참."

"얼씨구, 지랄들 헌다. 내가 보기에는 전문적으로 감독하는 사람들을 맨들어야 될 거 같은디……."

"그래서 제가 본부장이 되면 그런 전문 감독인을 육성해 볼려고요."

"아따, 우리 아덜이 최고구마이. 근디 울 아덜 본부장 될라믄 얼만키로 있어야 된당감?"

"음, 한 10년 정도요?"

"아따, 그때까정 꼭 잊지 말고 니가 한 말 꼭 지키래이. 그거이 바로 자랑스러운 울아덜이재이~"

"하하하. 예! 꼭 약속드릴게요. 제가 그 사람들을 다 키울 때까지 아버지도 건강하셔야 돼요!"

"아따, 두말하믄 잔소리여. 당연히 그때까정 살아 있으야재."

아버지와 나는 수박을 크게 한입씩 베어 물었다.

이게 아버지와 나의 마지막 대화였다. 그날 밤 아버지는 편안한 모습으로 웃으며 돌아가셨다. 아버지는 위암 말기셨다고 한다. 아들에게도 숨기셨다.

아버지의 죽음이 믿어지지 않았다. 상을 치르는 동안 넋이 나간 채 아버지의 영정사진만 들여다보았다.

'아버지…….'

하늘이 뚫린 것처럼 비가 내리고, 울부짖듯 천둥소리가 들리던 날, 아버지를 작은 산 중턱에 묻었다. 그렇게 나는 아버지를 내 가슴속에 묻었다.

아버지의 장례를 치르고 나는 다시 금감원으로 복귀하였다. 복귀 후 생각나는 것은 오직 아버지와의 약속뿐이었다. 내 눈에는 승진만 보였고 승진을 위해 이를 악물고 달렸다. 7년 만에 본부장의 자리까지 올라왔다.

'이제 아버지와의 약속을 실천할 차례다.'

내가 본부장 자리까지 올라오는 동안에도 수차례 금피아가 나타났다. 금피아들 때문에 사건이 터지고, 그러다가 다른 사건사고들로 잊혀지고, 그러다 또 사건이 터지고……. 이러한 악순환이 반복되면 될수록 아버지와의 약속은 뇌리에 더욱 굳어져 갔다.

정말로 여기까지 올라오는 게 얼마나 힘든지 다른 사람들은 아무도 모를 것이다. 하지만 막상 되고보니 본부장의 삶도 쉽지 않았다. 어떻게 해야 제대로 된 전문 금융 감독인을 키울 수 있을까. 가장 중요한 것은 상부의 눈을 피하는 것이었다. 본부장이 높기는 하지만 위에 사장과 원장, 그리고 선배 본부장들이 있다. 그들이 공식적으로는 깨끗하게 물러날 것이라고 말하지만 본심이 그게 아님을 나는 잘 알고 있었다. 자신들이 금피아가 되기 위해서는 나를 막으려고 할 것이 분명했다. 나는 시름에 빠져 한동안 이마에 주름이 펴지는 날이 없었다.

그러던 어느 날이었다. 나는 이런 고민을 누구에게 털어 놓고 싶어 제일 친한 동료였던 주성이를 술집으로 불렀다. 그는 처장 자리에서 은퇴한 친구다.

"어서 와! 임마. 오랜만이데이~. 잘 지냈나?"

"그래, 마! 좀처럼 보이지 않던 놈이 웬일이고? 여튼 불러줘서 고맙다. 역시 니 말투 들으니까 반갑구만. 역시 사투리로 말하니까 좋네. 하하하."

"그래 알았다, 알았어. 넌 요새 잘 지내냐?"

"아니, 뭐 일이 읍따."

"왜, 치킨집 하기로 하지 않았나?"

"어, 근데 프랜차이즈 하려니까 돈을 너무 많이 떼이는 거 같아서……. 그래서 그냥 아무 일도 안 하고 이것저것 찾아보고 있다 아이가. 근데 왜 불렀는데? 누가 때릿?나? 이 형님이 처리해 주까?"

"마, 내가 어린아도 아이고 맞고 다닐 꺼 같나? 그게 아니고 실은 금피아를 대체할 인력을 만들려고 하는데 사람 구하기도 어렵고 윗대가리들한테 숨기는 것도 어려워서……."

"뭐? 이야! 마 역시 니는 클라스가 다르다. 근데 그건 내가 도울 수 있을 거 같은데? 나만큼 금융 쪽에 발 넓은 사람 있음 나와보라캐라!"

"근데 한 명 가지고는 안 된다. 많이 필요하다."

"야, 우리 동기들 있다 아이가. 금융 쪽으로 빠삭한 우리 동기들 많다 아이가? 니 기억 안나나? 다 모으면 꽤 많을 낀데?" 순간 스파크가 일어났다.

"야, 내일까지 금마들 싹 다 연락되겠나? 될 수 있는 대로 다 데리고 와 줘!"

"알았어, 그럼 오늘은 니가 쏘나?"

"그래, 내가 쏠게. 니 여기 메뉴판에서 먹고 싶은 거 싹 다 골라 무라. 대신에 확실히 다 모아 와야 한데이!"

"알따, 알써. 건배나 하자!"

다음날 업무가 끝난 5시. 총알같이 튀어나와 KBS 근처에 있는 카페로 향했다. 문을 열고 들어가자 시끌벅적하게 동기들이 나를 맞아 주었다.

"본부장 왔다!"

"이야, 본부장! 이름 한번 삐까뻔쩍하데이."

"다들 연락들 좀 하고 지내지, 요즘 어떻게 사노?"

"뭐, 애들 키우느라고 뒤질 꺼 같다. 요즘 대학교 등록금 낸다고 등골이 도망갈라칸다."

"근데 우리 갑자기 왜 모였는데?"

"그래, 아니 뭐……. 우리한테 뭐 사주게? 하하."

"그래, 내 동기들 보고 싶어서 한 잔 쏠라고 불렀다."

그렇게 한참 동안 이야기꽃을 피웠다. 역시 고등학교 이야기와 군대 이야기는 끝이 없었다.

"니들 취직해서 금융 쪽에서 다시 일하고 싶지 않나?"

동기들이 반색하며 물었다.

"뭐? 취직? 갑자기 뭔 소리야? 너 뭐 사장됐냐?"

"너희들 금피아 잘 알지? 내가 금피아 뿌리를 확 뽑아 보려고 내가 직접 은행 감사를 육성할까 생각하고 있는데, 너희들 금융이라면 뼈 속까지 꿰고 있잖아. 너희들이라면 은행 감사를 제일 잘 할 것 같아서 불렀다."

순간 정적이 흘렀다.

"야, 너 이런 일 벌이는 거 그 노마들한테 걸리면 금감원 생활 정리하고 나와야 할 수도 있다!"

"우리는 감사일을 해도 상관없는데 니가 마음에 걸린다. 괜찮겠냐?"

나는 주먹을 불끈 쥐며 말했다.

"나는 말이다. 이 일을 위해 다른 선후배들을 밀치고 겨우 이 자리까지 올라왔다. 이것이 아버지와의 약속이기도 했고……. 지금 우리가 바꾸지 않으면 더 이상 이 악순환을 막을 수가 없다. 지금은 우리만이 세상을 바꿀 수 있다. 우리의 힘을 보여주자!"

동기들은 내 말에 모두 동요하기 시작했고 모두 내가 한다는 일에 동참하기로 하였다.

나는 다음날부터 일주일간 회사에는 금융회사 세미나로 고지해 두고 동기들과 예천으로 향했다. 아버지께서 사시던 집을 개조하였는데, 친구들이 그곳에 머무르며 연구할 수 있도록 했다.

동기들은 금융 감독에 관한 것들에 대해 연구하고 외국금융기업 감사들을 초빙해서 금융 감독에 대해서 배우기 시작했다. 금융에 대해서는 잘 알고 있지만 감독에 대해서는 지식이 부족했기 때문이었다. 일은 차질없이 잘되어갔고 그렇게 6개월 동안 동기들은 동기들대로 나는 나대로 바빴다.

6개월 후 동기들은 완벽한 전문가가 되어 있었다. 이들이 전문가가 되어갈 동안 나는 이들을 어떻게 감독 자리에 보내고 금피아들을 내쫓을지 구상했다.

대략적으로 두 가지 계획이 있었다. 청와대 경호실장이 나와 고등학교 때 절친한 친구여서 대통령께 말하는 것이 최상의 계획이었다. 또 다른 계획은 당당하게 각 은행의 사장들을 만나서 직접 이야기하는 것이었다.

나는 동기들을 다시 서울로 불러 모았다. 한 동기가 말했다.

"이제 군대는 완성됐다. 그런데 어떤 병법을 써야 할지 고민해봤나?"

"음……. 두 가지 방법이 있긴 한데…… 한 가지 방법은 대통령을 설득하는 거고, 다른 하나는 은행사 사장들을 직접 만나서 설득하는 거다."

"마음 같아서는 정정당당하게 후자로 하고 싶은데 만약에 실패하면 니가 동참했다는 사실이 선배들에게 알려질 것 같아서 그건 안 되겠고……. 대통령을 만나는 건……. 대통령? 대통령을 어떻게 만나냐?"

"고등학교 친구가 지금 청와대 경호실장이다 아이가. 그래서 대통령께 조용히 이야기하는 것은 그렇게 어렵지는 않을 끼다."

"그러면 당연히 앞의 방법을 골라야지!"

"그래, 앞에 있는 기 훨씬 낫다!"

결국 대통령과 이야기하기로 결정이 났고, 나는 친구에게 부탁해 일주일 후 대통령과 30분 정도 금감원 대표로 대면할 수 있겠다는 약속을 받아냈다.

그날 밤, 집 창가에 서서 이런저런 생각을 했다. 이제 정말로 내가 바라던 세상이 얼마 남지 않았다는 것을 느꼈다. 이렇게 조금씩 사회를 개혁하여 세계에서 매우 청렴한 나라가 될 대한민국을 생각하니 가슴이 뛰었다. 하지만 한편으로는 지난 시간들이 주마등처럼 흘러갔다. 이 일을 위해 포기한 것들이 너무나도 많았다. 오직 이 일에만 매달렸고 악착같이 준비했다. 이번 일이 끝나고 나면, 은퇴하고 유랑이나 하며 나만의 시간을 갖겠다는 상상을 하며 잠자리에 들었다.

대통령과의 식사가 있기 3일 전, 갑자기 사장님이 나를 호출하였다.

"그 능구렁이가 무슨 일로 나를 부르지?"

나는 긴장했다. 사장실에서 기다리고 계시던 사장님은 나를 노려보듯 바라보며 말했다.

"김 본부장, 요새 자네 딴생각 하고 있나?"

갑자기 딴 생각이라니……. 내 계획이 모두 들통 난 것 같아 우물쭈물 말을 더듬었다.

"예? 가…… 갑자기 무…… 무슨 딴 생각 말씀이십니까?"

갑자기 사장의 표정이 변하더니 미소를 짓고 내 등을 두드리며 말했다.

"하하. 자네 요즈음 야근하는 시간이 좀 줄어서 말일세. 여자라도 생겼나 보지?"

나는 갑자기 맥이 탁하고 풀렸다.

"아…… 예, 그게 저, 아직 결혼할 짝을 구하지는……."

"자네 지금까지 이렇게 헌신했는데 내가 선물 하나 주지."

사장님의 주머니에서 티켓이 두 장 나왔다.

"크로아티아행 비행 티켓일세. 아는 사람이 선물로 준 거긴 한데 나이 먹고 가기에는 그래서……. 다른 친구들한테는 비밀이네. 내가 이번에 휴가도 쓰게 해주지."

"아, 감사합니다. 그렇지만 저보다……."

"아, 그런데 이 비행기 이틀 뒤에 출발일세. 내가 누구 줄까 고민하다가 날짜가 그렇게 되어 버렸네. 괜찮겠나?"

"예, 괜찮습니다."

나는 안도의 한숨을 내쉬었다. 대통령을 만나기 위한 자료준비 시간은 충분했고 크로아티아엔 나 말고도 갈 사람이 많을 것이기 때문이다.

"그럼 오늘부터 쉬고 이틀 뒤에 공항에서 보자고. 내가 공항에서 가는 거 봐줄 테니."

"예? 아, 아닙니다. 표 주신 것만 해도 감사한데, 신경 쓰시게 하고 싶지 않습니다."

"아닐세. 내가 보내는 건데 잘 가나 봐야지 그렇지 않은가? 하하하"

"아……. 예."

"그럼 여자 친구에게 말 잘 해보게."

나는 사장실 문을 닫고 나온 순간 그가 무엇인가 알고 있는 것 같다는 의구심이 들었다. 자리에 돌아와 머리를 쥐어뜯었다. 하지만 확실하지 않았고 그가 알고 있을 확률도 희박했다. 일단 항공사에 전화를 하여 티켓을 예약한 날짜가 언제인지 알아보았다. 항공사직원은 나에게 이틀 전이라고 말을 했다. 이. 틀. 전……. 그렇다. 사장은 무언가 눈치를 채고 있었던 것이었다. 일단 이 상황을 빠져나갈 묘안이 필요했다. 만약에 이를 실패하면 본부장 자리에서도 쫓겨날 판이었다. 자리에서 쫓겨나게 된다면 더 이상 대통령과 만나기도 힘들 것이다. 이 사실을 동기들에게 알렸지만 동기들도 뾰족한 수가 떠오르지 않았다.

그렇게 당일이 되었다. 대학교 동기 수연을 여자 친구로 속였다. 나는 수연과 함께 비행기를 타러 공항으로 향했다. 사장은 우리보다 일찍 공항에 나와 있었다.

"김 본부장, 왔는가?"

"안녕하십니까? 사장님, 진짜 저희가 가도 괜찮겠습니까?"

"아, 벌써 이렇게 준비 다 했는데 뭘 그렇게 또 묻는가? 하하하."

크게 웃던 사장은 갑자기 표정이 바뀌더니

"아참, 나 일이 있어서 먼저 가봐야 될 것 같네. 자네에게 마지막으로 할 말이 있네."

"예?"

갑자기 내 귀를 자기 입 쪽으로 가까이 하더니,

"자네가 지금 뭘 생각하고 대통령을 만나려고 하는지는 모르지만, 금감원 대표라고 말을 해 놓으면 내 귀에 들어오는 건 당연한 일 아닌가? 거기에는 내가 다른 사람을 보낼 거야. 자네가 다녀오는 동안 정리해 줄 테니 여행에서 마음 좀 추스르고 와. 알겠나?"

그의 말 하나하나가 내 몸을 다 꿰뚫고 있는 것 같아 온몸이 딱딱하게 굳었다. 이제 모든 계획은 수포로 돌아갔다. 그는 나의 어깨를 툭툭 두드리고는 무표정한 얼굴로 공항을 빠져나갔고, 그녀와 나는 어쩔 수 없이 비행기를 타고 크로아티아로 향했다. 크로아티아에서 나는 상실감에 빠져 이틀 동안 아무것도 하지 않은 채 방 안에만 처박혀 있었다. 이제 대통령을 만나는 것은 끝난 일이고 내 꿈도 사라져갔다. 불과 며칠 전까지만 해도 성공을 확신했었기에 그 충격은 더 크기만 했다.

그러나 같이 온 수연에게도 미안해서 여행지에서 다시 기운을 차리고자 애썼다. 그녀와 함께 호텔 주변을 돌아다니다 자그레브 항구 앞 작은 식당에서 맥주를 마셨다.

"무슨 일인지 말해 주면 안 돼? 아무것도 모르고 난 여기까지 왔는데……."

"실은……."

난 누구에게도 이 사실을 말하면 안 되었지만, 지금은 모든 것을 털어놓을 수밖에 없었다.

"…… 이래서 내가 지금 숨을 못 쉬겠다."

"그렇구나. 그런데 지금 한 가지 사실을 간과하고 있는 거 같은데?"

"뭐 말야?"

그녀는 나에게 획기적인 방법을 알려주었다.

"…… 이런 거지."

"미안한데……. 우리 지금 한국 가자!"

"뭐…… 뭐라고?"

"한시가 급하다!"

나는 서둘러 호텔로 들어가 짐을 싼 뒤 한국으로 돌아왔다. 이미 대통령과의 약속 날짜는 일주일이나 지난 상태였다. 동기들은 모두 희망을 버리고 각자의 집으로 돌아간 상태였다.

오전 10시, 나는 서둘러 다시 동기들을 불러 모았다. 그리고 각 신문사 및 방송사에 K은행의 개인정보유출로 긴급 비밀기자회견을 열겠다며 1시까지 여의도 공원으로 오라고 했다. 동기들은 '이번이 우리의 마지막 기회다!'라는 생각으로 지금까지 준비한 자료들을 공개하는 막바지 작업을 했다.

"서둘러야 해! 금감원 사람들 밀어닥치기 전에 모든 것을 발표해야만 이번 일이 끝날 거야."

어느새 1시가 되었다.

"기자들 온다!"

동기들과 나, 그리고 수연은 기자들이 착석한 후 자료를 나누어 준 뒤, 발표를 시작했다.

"죄송합니다. 이번 기자회견은 사실 K은행의 개인정보유출로 인한 긴급 비밀기자회견이 아님을 말씀드립니다. 사실은 오늘 여러분을 이곳에 부른 이유는 금피아의 뿌리를 뽑기 위해서입니다. 여러분도 아시다시피 2000년 대 초반부터 지금까지 금피아는 사라지지 않고 계속해서 부활하며 제대로 된 관리·감독을 하지 않고 있었습니다. 그래서 카드사 정보유출 사태 등에 서 초동대처 및 예방을 할 수 없었습니다.

그래서 금감원에서 일하고 있는 제가 관련 교수와 제 동기들을 모아 함 께 연구하고 공부하게 하는 등 관리?감독에 대한 전문인을 양성해 왔습니 다. 모든 내용은 나누어 드린 종이에 다 있으니 참고해 주시기 바라구요. 많 은 시련도 있었지만 이겨내고 여기까지 왔음을 생각해서 꼭 보도해 주시기 바랍니다. 여러분께서 이런 내용을 국민들에게 알려주셔야만 금피아를 몰 아내고 안정된 금융계를 만들 수가 있습니다. 부패와 타락이 없는 진정한 선진 한국을 위해서 꼭 힘써 주시기 바랍니다. "

기자들은 손을 노트북 위에서 빠르게 움직여갔다. 곧 뉴스로 보도되었고 순식간에 이 일은 각종 포털사이트의 실시간 검색어가 되었다.

기자회견 후 여론은 금피아를 몰아내고 내 동기들을 감독으로 세우자는 바람이 크게 일었다. 정부와 국회에서는 어쩔 수 없이 이를 승인하였고 그 렇게 금피아들은 모두 물러나게 되었다.

나는 자진해서 금감원을 나왔다. 아버지가 하시던 농사일을 배워보고 싶다.

작년에 그린비에 들어왔을 때가 생각난다. 아무런 생각 없이 '글 쓰는 거? 재미있겠다!' 라는 생각만으로 들어갔는데, 아뿔싸! 생각보다 글 쓰는 게 너무나도 어려웠다. 열심히 쓰다가도 생각이 바뀌면 앞에 공들여 쓴 것을 다시 다 지워야 하니 정말……. '2학년 올라가서는 다른 동아리에 들어갈까?' 라고 생각하기도 했다. 하지만 1년 동안 글을 쓰다 보니 조금 더 성숙해진 내 모습을 발견할 수 있었다. 확실히, 글을 쓰니까 필력이 향상되었고 그것을 보며 내 자신이 자랑스러워졌다.

이번의 글은 주제 자체가 좀 어려웠다. 작년에는 주제가 '꿈을 소설과 수필로 나타내는 것'과 '노래를 듣고 그것을 소설과 수필로 나타내는 것'이었는데, 이때는 주제가 쉬워서 수월하게 쓸 수 있었다. 하지만 올해 테마로 정한 사회문제는 조금 달랐다. 내용에 대해 전문적으로 알아야 수필도 쓰고 소설도 쓰는데, 그런 정보를 찾으려면 신문기사나 논평과 같은 글들을 읽어내야 했기 때문이다. 솔직히 처음에는 용어도 이해가 잘 되지 않는데다가 이번에 내가 잡은 주제는 자료조사를 할 때마다 그 자료가 바뀌어서 어떻게 해야 할지 고민이 많았다. 게다가 소설을 다 쓰고 나서 다시 읽어보니 고칠 부분이 너무 많아 중간 부분으로 되돌아가 다시 쓰기를 반복……. 정말로 머리가 터지는 줄 알았다.

하지만 이렇게 글을 쓰며 좋은 점도 있었는데, 가장 큰 것은 작가들의 마음을 실제로 조금씩 이해할 수 있게 되었다는 것이다. 솔직히 예전에는 글을 읽을 때 그냥 '이 책의 작가들 글 잘 쓰시네.' 라고만 생각했을 뿐 얼마나 큰 노력이 필요한지에 대해서는 크게 생각해 보지 않았었다. 하지만 그린비에 들어와서 한 문장 한 문장 써내려갈 때마다 정말 창작의 고통(!)을 느끼고 나서부터는 두꺼운 책을 바라보고 있으면 이런 생각이 든다. '이 작가는 도대체 얼마만큼 똑똑하기에 이렇게 길게 쓸 수 있을까?' 라고……. 완전히 다른 시각으로 책과 작가들을 바라보게 되었다.

나의 목표는 나중에 커서도 책을 5년에 한 번씩 출판하는 것이다. 그때는 혼자서 처음부터 끝까지 책을 완성시켜서 책을 출판해 보고 싶다. 조금 어려울 수도 있겠지만 이 일을 계속해나간다면 나중에 나이가 들었을 때 내 책을 좋아해 주는 사람이 6천만 대한민국 사람들 중 100명이라도 생기지 않을까?

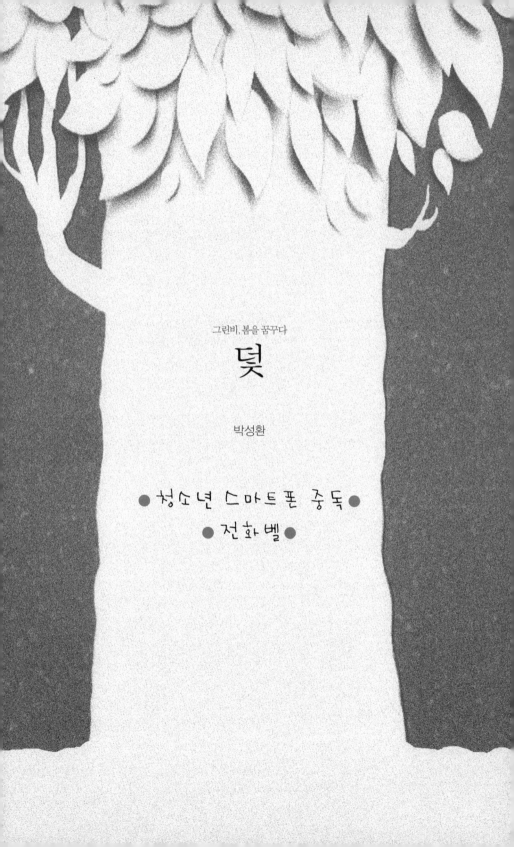

그린비, 봄을 꿈꾸다

덫

박성환

● 청소년 스마트폰 중독 ●
● 전화벨 ●

청|둘 소년 스마트폰 중독

　오늘날 우리의 기술은 발전하고 또 발전해 편리한 생활이 가능해졌다. 스마트폰으로 하는 모든 것은 놀랍고 아주 유용하다. 우리는 스마트폰으로 사진을 찍고 노래도 들을 수 있다. 요즘 스마트폰에 탑재된 카메라의 기능은 웬만한 디지털 카메라만큼이나 기능이 우수하며, 기본으로 탑재되어 있는 노래 어플리케이션의 기능도 MP3플레이어만큼이나 기능이 우수하기 때문에 사람들에게 많은 사랑을 받고 있다. 또한 버스도착 시간을 알 수 있는 어플리케이션, 학생들의 공부에 도움이 되는 단어암기 어플리케이션이나 수학공식을 알려주는 어플리케이션도 있다. 실생활에서 유용하게 쓰이는 알람, 계산기, 메모, 달력, 인터넷 등 이렇게 스마트폰에는 우리에게 아주 편리하고 도움이 되는 많은 기능이 있다. 하지만 스마트폰이 우리 생활에 미치는 신체적, 정신적인 영향이 매우 커진 만큼 그에 대한 문제점도 많아졌다. 스마트폰이 생기고 2~3년이 지난 지금 우리의 모습은 마치 스마트폰의 노예처럼 보인다. 특히 나이가 어린 청소년들에게 장시간 스마트폰 사용은 많은 면에서 독이 될 수 있다.

　먼저 신체적인 면에서 장시간 스마트폰을 이용하면 눈이 쉽게 피로해져 시력이 저하될 수 있고 안구건조증이 생길 수 있다. 또 오랫동안 목을 숙여 사용하기 때문에 목 디스크나 척추측만증의 위험성이 있다. 이외에 눈높이

보다 낮은 모니터를 오랫동안 내려다보면 사람들의 목이 거북목처럼 앞으로 구부러지는 거북목증후군이 생길 수 있고, 스마트폰의 키보드를 지나치게 많이 씀으로써 손목의 신경, 혈관, 인대가 지나가는 수근관이 신경을 압박하는 손목터널증후군이 발생할 수 있다. 모두 스마트폰으로 인해서 생겨난 신종질환이다. 더 위험한 점은 길거리에서 스마트폰에 심취하여 걸어가다가 교통사고가 날 수도 있다는 것이다. 시선이 아래쪽을 향하고 주변에는 집중을 못하기 때문에 앞이나 옆에서 차가 오면 피하지 못하고 사고가 나게 된다.

정신적인 면에서는 불균형한 뇌의 발달과 집중력 장애, 틱 장애가 나타날 수 있다. 중독이 심할 경우에는 스마트폰을 들여다보지 않으면 불안하고 초조해지는 금단현상이나 점점 더 많은 시간을 할애해도 만족감을 느끼지 못하는 내성증상을 겪을 가능성이 크다. 또 스마트폰을 통해 음란성을 지닌 성인용 어플리케이션이나 인터넷을 통해 음란물을 쉽게 접할 수 있는 문제점이 있고, 밤늦게까지 스마트폰 게임이나 SNS를 이용하기 때문에 심각한 불면증을 초래할 수 있다. 하지만 제일 심각한 문제는 스마트폰을 사용하면서 스마트폰 중독으로 인해서 사람을 대하는 일 즉, 사회적인 활동이 줄어들어 대인관계가 줄어드는 것이 아닐까. 대인관계가 줄어든다면 사회성이 점차 낮아지고 그로 인해 자신감도 낮아질 수 있다. 심한 경우에는 사회적 상황을 회피하게 되고 이로 인해 사회적 기능이 저하되는 사회 공포증이 생길 수도 있다.

이런 식으로 계속 옳지 못한 방법으로 스마트폰을 사용한다면 청소년들의 스마트폰 중독 문제는 점점 더 심각해지고 정신적인 고통과 질병으로부터 벗어나기 힘들 것이다. 따라서 우리는 중독에서 벗어나기 위해 노력을 해야 한다. 이를 위해서는 먼저 자기 스스로가 스마트폰에 깊이 빠져 있다는 것을 인식해야 한다. 우리는 무의식적으로 스마트폰을 확인하고 만지게 되는데, 이것은 우리가 스마트폰을 사용할 때 대부분 목적 없이 사용한다는 것을 보여준다. 우리가 스마트폰을 사용할 때 사용목적을 인식한다면 무의미한 사용과 시간낭비 등을 막을 수 있다. 두 번째, 스마트폰을 잠시 꺼두고 여가시간을 정하여 자기가 좋아하는 것에 관심을 가져 취미를 정하는 것도 필요하다. 스마트폰을 사용하다 보면 자신도 모르는 사이에 시간이 훌쩍 지나가버리는 경우가 종종 있다. 실제로 많은 사람들이 스마트폰 중독에서 벗어나기 위해 농구, 축구, 탁구, 배드민턴, 수영과 같은 다양한 운동을 즐긴다. 독서나 영화보기 또한 스마트폰을 멀리하고 여가시간을 즐길 수 있는 방법 중 하나이다. 세 번째, 스마트폰을 사용하더라도 질환에 걸리지 않도록 노력하는 것이 필요하다. 스마트폰을 적절히 사용해도 잘못된 사용습관으로 인해서 신종질환이 발생할 수 있다. 그러므로 평소에 이러한 점을 주의하며 스마트폰을 사용해야 한다.

아래의 내용은 스마트폰 사용 시 발생할 수 있는 질환과 그 해결방안을 정리한 것이다.

질환	발생원인과 증상	해결방안
안구 건조증	지속적으로 작은 액정을 보면 눈꺼풀이 깜박거리는 횟수가 줄어 쉽게 건조해지고 두통을 유발하거나 눈에 이물감이 느껴질 수 있다.	화면을 20분 본 뒤에는 20초의 휴식을 갖고 6~7m 이상 먼 곳을 바라보면 효과적이다.
거북목 증후군	액정이 눈높이보다 낮을 경우 목이 거북이 목 모양으로 구부러지기 때문에 심하면 목 디스크, 거북목증후군, 만성두통(경직된 근육이 뇌에 산소와 영양을 공급하는 혈관 압박)을 유발할 수 있다.	화면을 20분 본 뒤에는 20초의 휴식을 갖고 6~7m 이상 먼 곳을 바라보면 효과적이다.
손목 터널 증후군	장시간 반복적인 터치로 인해서 손목이 저리거나 감각이 둔해져 손목 관절에 통증이 느껴지는 현상이다.	손목 관절에 통증이 느껴지면 사용을 중단하고 가볍게 털거나 주물러주고, 따뜻한 물에 손을 5~10분 담그고 쥐었다 펴주기를 반복하는 것이 좋다.

무엇이든 중독에 빠진다면 해결하기가 쉽지 않다. 요즘처럼 끊임없이 스마트폰이 생산되는 이 시점에서 우리가 스마트폰을 통하여 편리한 생활을 누리는 것뿐만이 아닌, 어떻게 하면 보다 효율적이고 똑똑하게 스마트폰을 사용할 수 있는지를 항상 염두에 두어야 한다. 스마트폰 중독 문제는 우리가 어떻게 하는지에 달려 있다. 지나친 스마트폰의 사용은 문제가 되겠지만 적당한 사용은 우리에게 큰 도움이 될 것이 분명하다. 이로써 스마트폰은 우리에게 더 이상 해가 되는 존재가 아닌, 고마운 존재로 인정받을 수 있을 것이다. 나 자신과 우리 모두가 조금만 더 스마트폰 중독 문제에 관심을 가지고 노력한다면 스마트폰 중독 문제는 원만하게 해결될 것이다.

전화벨 | 둘

AM 6 : 00

'빠-빠-빠- 빰-빰 빠-빠-빠- 빰-빰 굿모닝—'

요란스럽게 울리는 알람소리가 내 귀를 파고 들었다. 밤새 열어놓은 창문 사이로 찬바람이 들어와 코끝이 시큰거렸다.

"에취! 으. 추워……."

이불 속에서 손만 꺼낸 채 안경을 찾아 더듬더듬거렸다. 뜨듯한 이불 속에서 나가려니 자꾸만 몸이 움직이지 않았다. 가까스로 침대에서 일어났다. 나는 신경질적으로 창문을 쾅 닫았다.

"승현아, 일어났니?"

방문 너머로 들려오는 엄마의 목소리.

"네."

"얼른 학교 갈 준비하고 밥 먹어!"

"……."

나는 잔소리 같은 엄마의 말씀에 대꾸를 하지 않았다. 왠지 모르게 요즘 들어 엄마의 말씀이 모두 잔소리처럼 느껴진다. 오늘도 어김없이 가방을 챙기기 시작했다.

"음……. 오늘만 학교 가면 내일은 쉬는 날이다— 흐흐흐."

혼자 기분이 좋아서는, 콧노래를 흥얼거렸다. 어느새 학교에 갈 준비가 다 되었다. 시계를 보니 어느덧 나가야 할 시간이었다.

'끼익.'

방문을 열고 거실로 나가 말했다.

"엄마 밥 먹을래요."

"그래. 어서 먹고 가렴."

구수한 냄새를 풍기며 보글보글 끓고 있는 된장찌개. 금방 만들어져 김이 모락모락 나고 있는 뽀얀 속살의 계란말이. 지각이라도 할까 허겁지겁 먹기 시작했다.

'켁켁.'

물을 벌컥벌컥 들이켰다.

"잘 먹었습니다. 엄마 저 갈게요."

현관을 나서려는 순간, 엄마께서 팔짱을 끼고서 말씀하셨다.

"승현아. 오늘은 핸드폰 조금만 해라?"

엄마의 두 눈에서 걱정하는 눈빛이 나를 향해 쏘아졌다. 매일아침마다 듣는 엄마의 잔소리가 오늘은 좀 특별하게 느껴졌다.

AM 7 : 00

버스 정류장에 도착했다. 사람들은 저마다 귀에 이어폰을 끼고서 두 손으로는 분주하게 핸드폰 화면을 두드렸다. 노래를 듣는지 전화통화를 하는지 바빠 보였다. 버스가 오는지 마는지는 신경도 쓰지 않은 채, 모두 핸드폰 화면에 마법이라도 걸린 듯이 눈을 떼지 못한다. 어쩌면 다른 사람들 눈에도 내가 저렇게 보일 수 있겠지. 곧 있으니 내가 타야 할 버스가 도착했다.

'삑. 안녕하세요.'

카드 단말기에 카드를 살짝 가져다 대니 반갑게 인사를 해주었다. 오랜만에 자리가 넉넉한 버스에서 앉아 갈 수 있었다. 바지의 왼쪽주머니에서 이어폰을 주섬주섬 꺼냈다. 이어폰을 핸드폰과 연결한 뒤에 내 귀에 꽂았다.

"노래나 들을까."

중얼거리며 즐겨듣는 노래를 틀었다.

'그리워—보고싶어……'

노래를 들으며 멍하니 창밖을 내다보았다. 창밖으로 보이는 사람들은 여전히 바쁘게 보였다. 시간이라는 덫에 발목이 잡힌 로봇처럼 움직였다. 나와 달리 여유라고는 눈을 씻고 찾아볼 수가 없었다. 창밖에서 눈을 떼고 한참을 생각했다. 왜 저렇게 바쁘게 살아야 하는 것인지. 어느새 본능적으로 휴대폰을 만지고 있는 내 손. 휴대폰 화면에서 나오는 화려한 빛과 이어폰에서 흘러나오는 감미로운 노랫소리에, 내 두 눈과 귀가 빠져들고 있었다.

AM 7 : 40

'삐—'

갑자기 내리는 문이 열리고 친구들이 내렸다. 나도 따라서 급히 내렸다. 사탕처럼 달콤한 노랫소리에 빠져 하마터면 학교를 지나쳐갈 뻔했다. 약간 늦은 느낌이 있었지만 나는 천천히 걸었다. 그때, 반대편에서 내 짝꿍인 현수가 뛰고 있었다.

"야. 김승현, 너 늦었어 빨리 뛰어!"

현수가 헐떡이며 말했다.

"응? 아, 알았어 같이 뛰자."

나는 킥킥대면서 현수와 함께 뛰기 시작했다. 정문에는 학생주임 선생님께서 서 계셨다.

"야, 임마! 빨리 뛰어. 1분 남았다."

학생주임 선생님의 단골멘트이다. 현수가 나를 끌고 같이 뛰어준 덕분에 지각을 하지 않을 수 있었다. 교실에 도착한 나는 자리에 앉아 숨을 고르고 있었다. 어제도, 그저께도 봤던 얼굴들이지만 친구들을 보고 있으면 항상 반갑다.

"야. 승현아, 어제 지은이랑 문자했냐?"

나랑 가장 친한 민혁이가 웃으며 말했다.

갑작스러운 민혁이의 질문에 내 얼굴이 사과처럼 새빨갛게 달아올랐다. 왜냐하면 지은이는 내가 좋아하는 아이이고, 나와 같은 반이기 때문에 혹시라도 지은이가 나와 민혁이의 대화를 들었으면 어떡하나 노심초사했다. 가슴이 두근거렸다. 애써 마음을 진정시키려 해 봤지만 설레는 이 마음을 감출 수가 없었다. 그때, 지은이와 눈이 마주쳤다. 어깨를 넘는 검은 생머리에 흰 눈처럼 하얀 피부. 쌍꺼풀이 있는 큰 눈. 작지만 오똑한 코. 분홍빛에 작고 귀여운 입. 게다가 성격까지 좋은 지은이는 모든 게 완벽했다. 내가 지은이를 좋아하게 된 것은 고등학교에 입학하고 나서부터였다. 입학한 첫날부터 지은이가 눈에 띄었다. 자꾸만 지은이에게 시선이 향했고 지금도 지은이가 좋다.

"큭큭……. 승현아. 뭐해?"

정신을 차리지 못하는 나에게 민혁이가 재미있다는 듯이 다시 물었다.

"아. 뭐~ 왜 웃어!"

나를 놀리고 있는 민혁이에게 소리쳤다.

"아니야. 승현아, 지은이랑 잘해 봐!"

민혁이가 낮은 목소리로 나에게 귓속말을 했다.

"그래. 고맙다 아주."

'드르륵.'

문이 열렸다. 선생님이 들어오셨다.

"자, 여러분 오늘은 신나는 금요일입니다. 오늘만 지나면 주말이니 오늘도 힘내고 열심히 공부합시다. 알겠죠?"

"네에……."

아이들은 시큰둥한 표정으로 대답했다.

AM 8 : 20

'띵동띵동.'

1교시 수업 시작종이 울렸다. 1교시는 체육시간이다. 나는 아침부터 계속 눈이 아파서 보건실에 왔다. 보건선생님께서 말씀 하셨다.

"음……. 눈이 따갑다고 했지?"

"네."

선생님께서 눈을 자세히 살펴보신다.

"혹시 책이나 핸드폰 화면을 오래 본 적이 있니?"

"네. 핸드폰 화면을 오래 봤어요."

"그래. 안구건조증인 것 같구나."

"네? 안구건조증이요?"

처음 들어보는 생소함에 걱정스럽게 말했다.

"그래. 작은 핸드폰 화면을 오래보면 눈 깜빡이는 횟수가 줄어서 눈이 건조해져. 심하면 두통도 올 수 있단다."

나는 지난밤, 불을 끄고 침대에 누워 핸드폰으로 SNS를 했다. 주위가 어두워서인지 핸드폰 화면이 밝아서인지 모르겠지만 눈이 너무 따가웠다. 할 수 없이 핸드폰을 끄고 눈을 감았다. 문제는 여기서 끝이 아니었다. SNS의 내용들이 계속해서 머릿속에 떠오르고 아른거렸다. 그래서 나는 쉽게 잠을 잘 수 없었다. 선생님께서 걱정하는 나를 보며 말 하셨다.

"오늘은 따뜻한 찜질만 하고 당분간 핸드폰은 조금만 사용하는게 좋을 거야."

"네, 선생님."

"찜질해야 하니까 저기 침대에서 잠깐 누워 있어."

침대로 걸어가 누웠다. 눈을 감았다. 잠시 후, 눈 위로 따뜻한 무언가가 얹어졌다. 아주 따뜻했다. 눈에서의 피로가 풀리는 듯 했다.

"땡동땡동."

종이 울렸다. 침대에서 눈을 떠 일어났다. 옆에 있던 거울을 보고 흠칫하며 놀랐다. 눈에서 어떤 이물감도 느끼지 못했으나 전보다 상태가 심각해 보였다. 누군가에게 세게 맞기라도 한 듯 눈이 새빨갛게 충혈되어 있었다. 침대가 있는 방에서 나오니 보건선생님은 계시지 않았다. 보건실에서 나왔다.

'지잉⋯⋯. 지잉⋯⋯.'

진동이 울리다가 끊긴다. 민혁이의 부재중 전화가 네 번이나 와 있었다. 무슨 일이라도 있는 걸까. 나는 서둘러 교실로 향했다. 빠르게 걸으며 걱정되는 마음에 민혁이에게 문자를 보내고 있었다.

'퍽! 쿵⋯⋯.'

누군가와 부딪혔다.

"누구야!"

나도 모르게 다짜고짜 화를 내버렸다.

"야. 김승현! 너, 누가 뛰어와서 부딪힌 건데 화를 내?"

부딪힌 사람은 다름이 아니라 같은 반 지은이였다.

"승현아, 승현아!"

누군가 내 몸을 세게 흔들어 깨웠다.

"자면서 왜 이렇게 땀을 흘려. 악몽이라도 꿨니?"

보건선생님께서 날 깨우셨다. 꿈이었다. 이 모든 것이 꿈이었다. 내 눈은 상태가 훨씬 좋아졌고, 아프지도 않았다.

"휴……. 꿈이라니. 정말 다행이야."

십년감수한 듯 안도의 한숨을 내쉬었다.

PM 12 : 10

보건실에서 꾼 악몽 탓일까. 나는 작지 않은 충격을 받았다. 2교시. 3교시. 4교시 오전 수업 내내 정신이 없었다. 그 기억이 쉽게 잊혀지지 않았다. 정신을 차리려고 노력했다.

"야. 기분은 좀 나아졌냐? 아니면 여전해?"

민혁이가 나를 걱정해 주고 있다는 것이 목소리에 묻어났다.

"아니. 지금은 좀 나아졌지. 그냥 약간 놀랐을 뿐이야."

"그래? 그럼 다행이다. 밥이나 먹으러 가자. 헤헤."

민혁이가 한층 밝아진 표정으로 말했다. 민혁이는 나에게 무슨 일이 있든 항상 먼저 축하해 주고, 걱정해 주고, 위로해 주는 정말 소중한 친구이다. 물론 지금도 그렇다. 밥을 먹고 혼자 운동장에 앉아 있었다.

누군가 뒤에서 어깨를 두드렸다. 지은이였다. 눈이 마주쳐 순간적으로 당황했지만 나는 아무렇지 않은 척 이야기를 시작했다.

"승현아, 무슨 일 있어? 아침에 보니까 힘도 없어 보이고. 젖은 빨래처럼 축 늘어져 있었잖아."

지은이가 나를 바라보며 말했다.

"아……. 그냥 아침에 안 좋은 일이 있었어. 눈도 아팠고."

"이제는 괜찮지?"

지은이가 말했다.

"응. 괜찮아. 걱정해 줘서 고마워."

발그레 웃으며 말했다.

지은이가 먼저 일어섰다. 학교 안으로 천천히 걸어갔다. 이내 학교 안으로 들어갔다.

PM 4 : 00

오늘은 집에 일찍 갈 수 있는 날이다. 오늘은 참 분주하고도 시끄러운 일이 많은 날이었다. 평소보다도 훨씬 길고 힘들었던 하루 같다. 혼자 걸어가고 있었다. 정문에서부터 민혁이가 뛰어와 나에게 업혔다.

"승현아, 나 학교 옆에 있는 서점 좀 갔다 올게. 먼저 가고 있어."

이 말을 하고서는 바로 뛰어갔다.

5분 정도가 지났을까 민혁이가 나에게 전화 왔다. 받았다.

"승현아, 어디야?"

'빵-빵—'

그 순간 핸드폰 너머로 차 경적 소리가 매우 크게 들렸다.

"민혁아!"

내가 뒤로 돌아보는 순간, 내 눈앞에서는 믿고 싶지 않은 일이 일어나고 말았다. 멈춰 서 있는 트럭 주위로 사람들이 몰렸다. 가슴이 철렁 내려앉았다. 난 그 자리에 주저앉아 아무것도 할 수가 없었다.

"뚜우—뚜우—뚜우……."

"상대방이 전화를 받을 수 없어 음성 사서함으로 연결됩니다. 삐 소리 후에는 통화료가……."

나는 올해 처음 글쓰기 동아리인 '그린비'에 들어와서 사회문제에 대한 수필과 소설을 써보았다. 수필과 소설 외에도 다양한 갈래의 글을 쓰면서 중학교 때 한 번씩 쓰던 글과는 사뭇 다른 느낌을 받았다. 하지만 그 느낌이 내게는 참 새로워서 좋았다.

이 책에 실리게 된 글은 수필 '청소년 스마트폰 중독'과 소설 '전화벨'이다. 내가 쓴 수필 '청소년 스마트폰 중독'은 현재 우리사회의 청소년 스마트폰 중독의 문제점을 파악하고 그 문제점에 해당하는 해결방안을 제시한 글이다. 사실 스마트폰 중독 문제는 청소년뿐만이 아니라 스마트폰을 사용하는 모든 연령대에게 다 해당될 수 있는 문제라고 생각한다. 그렇지만 내가 청소년에 맞추어 글을 쓰게 된 이유는 단순하다. 내가 스마트폰을 사용하면서 잘못된 사용습관으로 인해서 눈, 목, 허리 등 특정한 신체 부위에 피로를 많이 느꼈기 때문에……. 또한 과도한 스마트폰 게임, 무의식적인 스마트폰 사용으로 의미 없이 시간을 낭비하는 친구들을 보며 스마트폰이 청소년에게 미치는 영향이 클 것이라고 생각했기 때문이다. 많은 친구들이 나의 글을 읽고 조금이나마 문제점을 인식하고 깨달아주었으면 좋겠다.

이를 바탕으로 쓴 소설 '전화벨' 역시 청소년 스마트폰 중독에 대한 내용이다. 이 소설의 주인공은 엉뚱하지만 친구들과 잘 어울리는 평범한 남자 고등학생 '승현이'로 설정했고, 장소를 학교로 설정했으며 학교에서 일어나는 에피소드를 통해서 청소년들이 공감할 수 있는 내용을 그렸다. 또한 소설을 쓰면서 스마트폰에 빠져 있는 실상을 약간 비판적으로 표현했다. 하지만 현실에서는 이런 비극적인 일이 절대 일어나지 않기 바라는 마음이다.

 글을 쓰기 위해서 떠오르는 주제를 정하고 내 생각을 글로써 표현하는 것, 띄어쓰기와 들여쓰기처럼 사소한 것부터 불필요한 내용을 삭제하거나 필요한 내용을 추가하기 등 몇 번의 퇴고 과정을 거치면서 비로소 나의 글이 완성되었다. 비록 내가 쓴 글이 많이 부족할지라도 글을 쓰는 과정에서의 재미를 많이 느꼈고, 완성한 글에 대해서 성취감을 느낄 수 있었기 때문에 한편으로는 뿌듯한 마음도 있다. 앞으로 그린비에서 더 많은 활동을 하면서 새로운 갈래의 작품을 많이 쓰고 싶다.

 끝으로 한 해 동안 그린비를 이끌어주신 이은희 선생님, 퇴고에 도움을 주신 성진희 선생님, 우성훈 선생님 감사합니다~!

그린비, 봄을 꿈꾸다

함께 사는 세상

김세현

● 자살 ●
● 낯선 어둠 ●

자살
| 함께 사는 세상

　자살은 스스로 자신의 목숨을 끊는 가장 어리석고 슬픈 일이다. 세계적인 문제가 되고 있는 자살은 더욱이 대한민국에서는 가장 심각한 사회문제다. OECD의 발표에 따르면 우리나라 자살률은 8년 연속 압도적인 1위로, 한 해 자살로 인한 사망자가 15,906명에 달한다. 37분마다 1명이 직접 죽음을 선택한다는 것이다. 인터넷 상에서는 자살 정보를 제공하고 동조하는 사이트가 수사 2주 만에 6080건에 이른 것을 볼 수 있다.

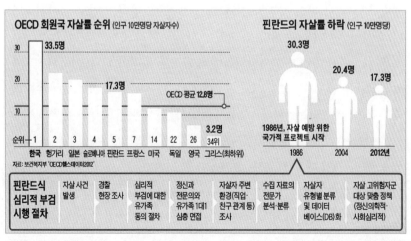

[출처 : 조선일보 2013. 1. 8 이철원 기자]

자살을 택하는 사람들의 연령대도 다양하다. 학생 자살자들이 해마다 꾸준히 증가하며, 청소년들 중 40%가 자살을 한 번쯤 생각해 보았다고 한다. 자신의 꿈을 찾고 앞으로 있을 미래를 생각할 나이에 자살을 생각한 이유는 성적, 진학문제가 절반이다. 최근 청소년 자살이 심각한 사회문제로 떠오르면서 이에 대한 사회적 관심도 높아지고 있다. 청소년의 자살은 하나의 요인에 의해 발생하기보다는 개인, 가족, 그리고 학교와 관련된 여러 요인에 의해 발생하고 있다. 자살에 영향을 미치는 주된 요인은 위축, 비행경험, 학업스트레스, 성추행 피해경험, 자아존중감 등이 있다.

학생뿐만 아니라 노인의 자살도 심각하고 OECD국가 중 우리나라의 노인 자살률은 1위로 10년 새 2배 이상으로 증가했다. 열심히 살아온 인생의 황혼기에서 자살을 선택한 이유는 뭘까? 여러 가지가 있을 수 있지만 가장 큰 것은 독거노인의 스트레스가 아닐까 한다. 스트레스가 높을수록 자기비판이 증가하고, 증가된 자기비판은 고독감을 증가시키고, 또 그렇게 고독감이 높아지면 자살에 대한 생각을 많이 하게 되는 것이 아닐까. 외부출입이 줄어들면서 곧 죽음을 맞이하게 될지도 모른다는 두려움…….

자살은 언제든지 내 일이 될 수 있고 사랑하는 가족과 친구의 일이 될 수 있다. 언론에서 자살 사건을 접하고는 그대로 모방하는 일도 많아지고 있다. 하지만 우리 사회는 전염되고 있는 자살을 막지 못하고 있다.

우리는 이제 이런 자살사망자들에게 관심을 돌려야 된다. 이들의 80%는 정신질환을 앓고 있다고 한다. 치료를 받으면 좋아질 수 있다는 이야기인데, 사회적 분위기는 여전히 그렇지 못하다. 정신과 치료에 대한 부정적 인식이 가장 크며, 치료를 받았을 때 겪어야 하는 취업의 문제, 보험가입의 제한 등 여러 가지 제도를 수정·보완해야 할 것이다.

자살에 대한 생각이 있거나 우울증이 있는 사람을 선별해 낼 검사의 제도화, 과거 자살시도자 및 자살자 주위 사람에 대한 전문적 사후관리, 자살위험행동에 대한 매뉴얼 개발, 사전 관리를 위한 정신건강프로그램 및 언론

매체의 신중한 보도 등 각계에서의 노력이 이루어져야 한다. 그리고 직접적으로 스트레스를 다루는 식의 개입뿐만 아니라 높은 수준의 자기비판과 고독감을 낮추는 프로그램의 개발, 서로에 대한 사회적 지지를 증진시키는 활동까지도 병행되어야 한다.

자살 문제는 개인이 해결하기엔 한계가 있다. 그래서 국가와 정부 차원에서의 특단의 조치가 필요하다. 적어도 자기가 자신을 죽이는 살인은 막아내야 하지 않을까.

낯선 어둠

| 함께 사는 세상

　눈을 뜨니 한 치 앞도 보이지 않는 어둠이었다. 눈을 뜬 채로 몸도 제대로 가누지 못한 채 생각에 잠겼다. 내가 왜 여기 와 있을까. 아무리 생각해도 물음의 답은 떠오르지 않았다. 몸을 일으키고 어둠속으로 무작정 걸었다. 한 치 앞을 분간하기 어려워 더듬거리며 한 발 한 발 내딛었다. 을씨년스러운 분위기에 알 수 없는 공포감에 휩싸였다.

　그때 갑자기 저 멀리서 희미한 한 줄기 빛이 비쳤고 빛줄기 사이로 더듬더듬 방황하고 있는 사람들이 보였다. 아마도 저 멀리 탑같이 우뚝 서 있는 곳에서부터 시작되었을 이 등대 불빛에, 사람들은 저마다 소리를 지르고 서로를 경계했다. 그들은 마치 먹잇감을 앞에 둔 들짐승 같기도 하고 사형집행을 앞둔 사형수 같기도 했다. 나 역시 저들처럼 들짐승이고 사형수였다. 내가 왜 이렇게 되었는지 알 방법이 없으니 너무 두려웠다. 머리로는 이러면 안 된다고 생각하지만 본능은 저들의 모습과 별반 다르지 않게 위협적인 얼굴로 경계하고 있었다.

　나는 낯선 자와 눈이 마주치면 먼저 시선을 피하고야 마는 사람이었다. 소위 말하는 '왕따'였다. 학교에서 내편이라곤 없었고 모두가 나를 괴롭힐 궁리만 했다. 하지만 지금 여기, 이곳은 기싸움에서 밀리는 순간 누군가가 나를 완전히 넘어뜨리기 위해 돌진할 것만 같았다. 잡아먹힐 것만 같은 두려움에 나도 몰랐던 내 안의 야생적 본능이 돌출된 것이다. 저기 저 사람이 나를 해칠 수도 있다는 생각은, 마치 살인을 저지른 사형수가 자신의 죽음을 두려워하는 것과도 같은 느낌이었다.

이곳은 낮과 밤이 없는 것 같다. 항상 어두운 밤이다. 먹지 않아도 배가 고프지 않고 사람들은 웃음기가 전혀 없다. 세상에 혼자 남겨진 사람의 얼굴이다. 물론 나도 그렇겠지. 불현듯 '저 등대에는 뭐가 있을까' 하는 생각과 함께 저곳에 가면 여기가 어딘지, 왜 여기에 사람들이 몰려 있는지 알 수 있을 것만 같다. 무작정 걸어갔다. 빛이 있는 곳으로 가까워지는 것 같다가도 다시 보면 그대로인 듯하다. 막막해도 할 수 없다. 여기서 할 수 있는 일은 이것뿐이니까. 막상 혼자 남겨지니 마냥 두렵지만은 않았지만, 집에 있는 가족생각이 많이 났다. 학교는 별로 기억하고 싶지 않다.

아무래도 여기 있는 동안 학교를 가지 않아도 된다는 것이 이곳이 좋아지려는 이유인 것 같다. 오히려 이곳은 나를 따돌리던 아이들이 없어서 좋다. 나에게 학교는 지옥과 같은, 훨씬 끔찍한 곳이었다. 가족에게는 미안한 마음이 크다. 내가 집에 들어가지 않아서 걱정하실 어머니, 이곳 저곳 찾으러 다닐 형……. 이곳을 빠져나가 집에 가서 가족을 만날 생각을 하니 포기할 수 없었다.

무작정 걸어보니 표지판이 하나 꽂혀 있다.

'전염 주의'

전염병이 돌기라도 하는 걸까. 빛을 따라 오래 걸어서 그런지 땅이 검붉어진 것 같다. 차라리 검은색이 나은데……. 느낌이 좋지 않다. 여전히 저 멀리 등대가 보인다. 하지만 지금은 쉬어야 할 것 같다. 잡생각을 많이 해서 그런지 어제보다 좀 더 일찍 피곤해졌다. 오늘은 이만 걷고 내일 다시 걸어야겠다.

눈을 떴다. 계속 어둠이다. 익숙해지려해도 익숙해지지 않는다. 계속 걷는다. 지친다. 짜증난다. 바닥만 보고 하염없이 걷다가 인기척에 고개를 들어보니 할아버지가 계신다. 나는 겁이 나서 발걸음을 빨리 했다. 그때 할아버지가 내 손목을 낚아챘다. 너무 놀라 화를 내버렸다.

"뭐하시는 거예요!"

그제야 할아버지는 내 손목을 놓고 이야기하셨다.

"미안하게 됐네, 학생. 나도 사람을 본 지 너무 오래돼 반가워 그랬다네. 어쩌다 여기까지 걸어왔나?"

나는 계속 경계를 하며 말했다.

"저쪽에 등대가 있어서 계속 걸어가고 있는 중이에요. 할아버지는 왜 여기 계시죠?"

"나는 등대를 쫓아 온 게 아니야. 눈을 떠보니 주변엔 미치광이들뿐이고…… . 사람이 그리워서 무작정 걸었지, 그리워서…… ."

할아버지의 처진 눈가를 보고 진심이 느껴졌다. 그러고 보니 너무 할아버지에게 무례했다는 생각이 들어 사과를 드렸다.

"할아버지, 죄송해요. 제가 이곳에 오고는 사람과 처음 대화하는 거였거든요. 주변에 무서운 사람도 많았고 그래서 예의 없게 굴었어요. 죄송해요."

할아버지는 웃으시면서 말을 하셨다.

"괜찮다. 나도 처음 여기에 왔을 땐 두려웠지. 하지만 이곳에 오래 머물면서 두려움이 사라졌어. 근데 또 다른 두려움이 생겼지. 두려움에 익숙해지는 것에 대한 두려움. 외로움에도 익숙해졌지. 더 이상 의욕도 없어졌어."

그 말을 들으니 할아버지와 함께 등대로 가고 싶어졌다. 할아버지께 동행을 제안했지만 거절하셨다. 이곳에 익숙해지셔서 무기력함을 이기지 못하시는 것 같았다. 다음을 기약하면서 앞으로 걸어갔다. 이제는 나이 드신 할머니, 할아버지의 모습이 자주 보였다. 혼자 울고 계시는 분도 계셨고 술을 드시는 분도 계셨으며 편하게 주무시는 분도 계셨다. 다음에 마주칠 사람이 누구인지 궁금해지기도 하는 한편 등대와도 살짝 가까워진 느낌이다.

할아버지를 만나고 며칠을 걸어도 사람이 보이지 않는다. 따뜻하게 대해 주신 할아버지가 더욱 생각이 났다. 검붉은 땅에 들어온 뒤 사람들은 많이 봤지만 할아버지처럼 나에게 먼저 말을 걸어준 사람은 없었다. 등대에 가까워질수록 사람이 안 보이고 한적하다. 무서운 사람들이 거리에 있을 때는 혼자 조용히 걷고 싶다고 생각했는데 자꾸 어둠 속에서 누군가 나를 지켜보는 느낌이 든다. 등대에 가는 걸 포기하고 주저앉고 싶었지만 현실에서도 목표를 가지고 노력해 본 적이 없었다. 어딘지 모르는 이곳에서 마저도 포기하면 내 자신이 너무 비참할 것 같아서 포기할 수가 없었다. 얼마나 더 걸었을까. 시야에 사람이 보였다. 3일 만에 처음 보는 사람이었다. 발걸음을 빨리 해서 따라붙었다. 손을 내밀고 말을 걸려는 순간

"까악!"

소름 돋는 소리와 함께 거대한 괴생물체가 그 사람을 낚아채 어둠 속으로 사라졌다.

그는 비명을 지르며 도움을 요청했지만 나는 도와줄 수가 없었다. 믿을 수 없는 광경을 보고 사지에 힘이 풀려버렸다. 패닉 상태로 주저앉아 무슨 일인지 생각을 해봤다. 무서운 사람들은 많이 봤지만 눈앞에서 사람이 죽는 장면은 처음 봤다. 혼자 잡념과 공포에 빠져 있을 때, 사람 목소리가 들렸다. 소리가 들린 쪽으로 다가가는데 사람 하나가 만신창이가 돼서 나왔다.

"승현아!"

이곳에 내 이름을 아는 사람은 그때 그 할아버지밖에 없다.

"어떻게 된 일이에요, 할아버지?"

"지금 답해 주기엔 시간이 너무 없구나. 아무 생각하지 말고 100m만 뛰어라. 그럼 검붉은 땅이 파란색 땅으로 바뀔 거야. 어서 뛰어!"

나는 숨도 안 쉬고 뛰었다. 언제 괴생물체가 나를 덮칠지 모른다는 공포감이 눈앞을 하얗게 만들었다. 한참을 달리니 파란색 땅이 점차 보이기 시작했고 그 땅 안에는 등대가 있었다. 파란색 땅을 밟는 순간 주위 어둠은 밝

은 햇살로 바뀌고 거리엔 꽃이 피었다. 그 길을 따라 등대로 향했다. 등대 앞에는 선하게 생긴 아저씨 한 분이 계셨다. 그분이 내게 악수를 청하며 말씀하셨다.

"정말 오랜만에 만나는 사람이구나. 이 등대는 다시 이승에 갈 수 있는 유일한 통로란다."

'이승이라니! 지금 제가 죽었단 말인가요?"

"흠, 여기가 저승임을 모르는 사람은 딱 한 가지 경우라네. 자살로 생을 마감한 사람이지."

아저씨는 궁금한 표정으로 물으셨다.

"어떻게 이 등대까지 오게 되었지? 이곳까지 오는 데는 온갖 괴생물체와 어둠을 이기는 용기가 필요한데……?"

나는 저승에서 만난 할아버지 얘기를 했다. 아저씨는 몹시 놀라며 할아버지의 인상착의에 대해 말씀하셨다. 놀랍게도 내가 마주친 할아버지와 동일 인물이었다.

"니가 마주친 그 할아버지는 너의 친할아버지란다. 니가 저승에 오기 일주일 전에 오래 전부터 앓던 지병으로 돌아가셨어."

사실 나는 할아버지의 얼굴을 모른다. 내가 아주 어릴 때 부모님은 이혼을 하셨고 나는 어머니 품에서 자랐다.

"할아버지는 어떻게 제가 자살한 걸 알고 길에서 저를 기다리셨죠? 그리고 왜 저를 모르는 척하셨을까요?"

"저승에서 혈연이 죽으면 저승사자가 직접 가서 말해 준다네."

"그럼 왜 모른 척한지는 모르시나요?"

"내가 아는 건 저승사자로부터 너의 자살 소식을 듣고 니가 자살한 것이 모두 당신 때문이라고 하시며 죄책감에 시달리고 계셨다는 것뿐이야."

이승에서의 나의 삶은 누구보다 불행하다고 생각했다. 그래서 할아버지의 이런 이야기를 듣고 처음으로 울컥해 오는 것을 느꼈다.

"혼자서 이 등대까지 오는 건 거의 불가능하단다. 니가 다시 환생하도록 하기 위해 할아버지는 자신의 몸을 바쳐 너를 안전하게 등대까지 도착하게 도와주신 거야."

"네, 어디서든 저를 생각해 주는 사람은 없다고 생각했어요. 학교에서도 왕따를 당하고 가정도 불우해서 세상에 혼자 남겨진 느낌이었거든요. 다시 이승에 가면 혼자가 아니라는 걸 믿으면 살 수 있을 것 같아요."

"그거 참 다행이구나. 이 등대 꼭대기 층에 올라가면 여느 때와 다름없는 아침을 맞이할게다. 하지만 너의 생활은 달라져 있겠지. 니가 처한 상황은 니 잘못이 아니야. 그러니깐 가슴 펴고 당당하게 살아. 그것이 할아버지 사랑에 보답하는 길이야."

"네, 아저씨. 정말 감사합니다."

아저씨와 이별을 하고 어머니와 형이 보고 싶어서 꼭대기 층까지 쉬지 않고 달렸다. 꼭대기 층 마지막 계단을 오르기 전 할아버지가 생각났다. 나에게 새로운 삶을 선물해 주신 할아버지께 말할 수 없이 감사했다.

'이제 이 계단만 오르면 다시 시작이다.'

심호흡을 하고 마지막 계단을 딛는다.

안녕하십니까? 성광고등학교 동아리 그린비 부원 김세현입니다. 처음 그린비에 들어왔을 때는 글을 창작하는 것이 마냥 쉽고 재미있을 줄 알았는데 시간이 지날수록 글쓰기가 귀찮아졌습니다. 그리고 소설 쓰는 것이 만만치 않은 일이라는 걸 느끼면서 가슴이 답답해졌습니다. 짧은 소설을 쓰는 것도 이렇게나 힘이 드는데 장편 소설을 쓰는 소설가들은 어떨까 싶어 새삼 대단하다는 생각이 들었습니다. 하지만 그린비에 들어오기 전 이은희 선생님께서 열심히 해야 한다며 신신당부하셨고 다른 동아리보다 힘들 것이라고 말씀하신 게 생각이 나 책임감이 느껴졌고 마음을 잡고 글을 써 나갔습니다.

글을 하루하루 적다보니 흥미가 생기고 원래 소설이나 시를 좋아하기에 글의 내용을 직접 상상하고 창작해낼 때는 문학인이 된 느낌도 느낄 수 있었습니다. 그렇게 못 쓸 줄 알았던 수필과 소설을 마무리할 때쯤엔 앞으로 글을 쓸 기회가 자주 없을 것 같아서 섭섭했습니다. 3학년으로 진학하게 되면 동아리 시간이 줄어들고 그러면 글을 쓸 시간이 줄어드는 게 사실입니다. (하지만 지금 동아리 후배들이 동아리를 잘 이끌어갈 것 같아서 마음이 편하고, 앞으로도 더욱 열심히 활동해서 그린비가 많이 유명해졌으면 좋겠습니다.)

글을 쓰면서 일상 생활에서의 모습이 변하는 것도 신기했습니다. 예를 들어 평소 친하게 지내던 동아리 친구와 게임 얘기를 할 점심시간이면 서로의 소설에 대해 묻고 동아리 활동에 대해 의견도 나눴습니다.

그리고 제일 좋았던 점은 내가 쓴 글이 책에 실린다는 생각에 저도 모르게 설레었?던 것이었습니다. 평생 책을 쓸 기회가 잘 없는 것이 일반적인데 비해, 저는 제가 직접 책을 썼다는 사실이 무척 자랑스럽습니다.

　마지막으로 함께 열심히 고생한 그린비 부원들과 여러모로 도와주신 국어과 선생님들께 감사합니다.

　이상 '함께 사는 세상'을 쓴 김세현이었습니다.

그린비, 봄을 꿈꾸다

구작 (舊作)

이수호

●이기주의●
●사랑●

이기주의 | 구작(舊作)

　본래 한국인의 정서는 공동체적 유대감이 기반이었다. 그 때문에 한 마을
에 사는 사람들은 한 가족으로서 생활해 왔다. 서로가 서로를 아끼는 유대
감은 다양한 방면에서 드러났다. 일에서는 두레, 품앗이 등이 있었고 놀이
에서는 차전놀이와 같이 협동이 필요한 문화가 많았다. 뿐만 아니라 집집마
다 결혼이나 장례에 있어서도 마을 사람 누구 하나 빠지지 않았다.

　그런데 산업화가 일어나면서 사람들은 자본주의와 물질만능주의에 빠져
가기 시작했다. 이런 변화는 공동체를 갈라놓는 것의 시작이었다. 사람들은
돈을 많이 벌기 위해 도시로 흘러들어갔고, 그 때문에 마을을 빠져나간 구
성원들은 외딴곳에서 홀로 일하게 되었고 이웃들은 당연히 모르는 사람뿐
이었다. 결국 그들에게 남은 것은 돈을 벌려는 의지였고, 서로에 대한 무관
심이었다.

　먼저, 돈을 벌겠다는 의지에 의해서 이기주의도 함께 얻게 되었다. 세금
은 국가의 수입으로서, 공공시설의 보수 및 설치를 가능케 하고 더 나아가
가난한 사람들에게 환원함으로써 분배의 형평성을 가져온다. 그러나 최근
에는 '탈세'라는 비극이 일어나고 있다. 이런 탈세는 공공의 이익보다 오직
자신만의 재산을 부풀리겠다는 생각에서 나온다. 내게 가장 인상적인 탈세
는 전두환 대통령의 탈세였다. 혐의를 받던 일이 진실로 밝혀지면서 본인은

물론 장남, 차남, 처남 모두 집행유예와 벌금으로 처벌되었다. 그들의 탈세는 수백억 대가 넘었는데 이 액수는 그들의 이기주의의 정도를 보여준다. 탈세는 대통령뿐 아니라 정치인, 기업인, 연예인 등에게도 나타나며 여유를 가진 사람들이면 누구나 한다는 인식도 있다.

이기주의는 타인에게도 무관심하게 만든다. 부산의 어느 한 할머니는 홀로 사시다가 돌아가셨다. 문제는 사체가 5년이 넘게 방치되었다는 것이다. 통풍구를 통해 사체의 냄새가 빠져나가고 있었고 그 할머니는 원래 혼자 살고 계셨기 때문에 5년 동안 아무도 몰랐다고 했다. 하지만 이유가 그것뿐일까. 그것은 아무도 홀로 사는 그 할머니에게 관심이 없었다는 것을 보여준다. 그 할머니의 거주지가 외딴 곳도 아니어서 이웃들이 가까이에 있었고, 전세였기 때문에 주인 가족들도 있었는데도 아무도 알지 못했다는 것은 너무나 안타깝지 않은가.

이기주의에 대해 알려면 우리 주위의 일상적인 면들을 들여다보는 것도 좋을 것이다. 우리가 다니는 길의 풍경은 너무나 더럽다. 쓰레기도, 가래침도, 껌도 항상 같은 장소에 있고 누구도 치우려 하지 않는다. 또, 공공기물을 자신의 것처럼 사용하는 사람들도 있다. 자신의 것이라서 함부로 사용하는지 자신의 것이 아니라서 함부로 사용하는지는 알 수 없다. 최근에 공공시설들은 '공공'이라는 이름이 아까워지고 있다.

좀 더 유치하게 나가자면, 길거리에서 담배를 피며 걸어가는 사람들, 어깨를 부딪치고도 모른 척 지나가는 사람들, 교통사고 후에 무조건 상대방 탓을 하는 사람들도 이기주의의 전형적인 모습이다. 정말로 이제는 보고 싶지 않은 풍경이다.

사람들은 타인의 고통에 무감각하고 자신의 이익만 추구하고 있다. 그것이 자신은 물론 그 어떤 것에도 도움이 되지 않는다는 것을 사람들은 알아야 한다. 우리 대한민국이 성장하기 위해서 진정으로 발전시켜야 하는 것들은 이런 것이다. 그러나 지금 우리 사회의 공동체적 유대감은 조금씩 닳아버려서 이제는 다른 이들에게 관심을 갖는 것이 왜 필요한지조차 모르는 것 같다. 예전처럼 한마을, 한동네 모두를 알고 지내면서 서로 협업하며 서로의 길흉사마다 모이는 것은 힘들지도 모른다. 하지만 적어도 자신의 이웃 집에는 누가 사는지 알고 서로 조그만 관심이라도 가지고 자신의 의무를 다한다면 현대사회의 소외들이 사라질 것이다.

우리는 이전의 공동체적 유대감을 다시 빛나게 해야 한다. 사람들이 어서 타인의 고통을 깨닫고 타인을 배려하는 사회를 만들어주었으면 좋겠다.

사 람 |구작(舊作)

　엄마는 아이에게 줄 쿠키를 만들고 있었다. 딸은 그 옆에서 구경만 하는 것이 지겨워져서 반죽을 만드는 것을 도와주고 있었다. 그러다 문득 딸은 좋은 생각이 났다. 그릇에 있던 반죽이 손에 잡히지 않자, 그녀의 엄마는 옆으로 고개를 돌렸다. 엄마의 옆에서 그녀는 반죽을 동그랗게 굴리고 있었다. 엄마는 그녀에게 무엇을 만드는지 물어보았다. 그녀는 눈사람이라고 대답했다. 원래 손재주가 좋은 그녀는 제법 알똥차게 그 눈사람－밀가루사람－을 만들었다. 엄마의 칭찬을 받은 그녀는 기분 좋게 밀가루 사람을 정성들여 마무리지었다. 그 후에 그녀의 엄마가 밀가루 사람을 오븐에 넣으려는 것을 그녀가 생떼를 써가며 겨우 말린 후에 그것을 냉동실에 넣어두고 잠이 들었다.

　그날 밤에, 잠을 깬 그녀는 밀가루 사람이 잘 있는지 궁금해졌다. 냉장고를 열어보니 밀가루 사람은 꽤나 단단히 얼어서 눌러도 들어가지 않았다. 그녀는 밀가루 사람을 방에 데리고 와서 아까 낮에 해주지 못한 것들을 해주었다. 화분에 있던 나무를 꺾어 팔도 달아주고, 요구르트 병으로 발도 만들어주고, 매직으로 눈과 입도 그려주고, 당근이 없어 코는 못 달아주고, 모자를 씌워 주었다. 그녀는 그것을 한참 동안 바라보다가 잠이 들었다. 다음 날, 아침이 되고, 그녀는 엄마의 눈에 띌세라 냉동실 깊숙이 밀가루 사람을 넣고 학교로 갔다.

학교에서는 온통 밀가루 사람 생각뿐이어서 친구들과 잡담할 여유조차 없었다. 학교가 끝나고, 그녀는 혼자서 집으로 계속 뛰어갔다. 그런데 길에 비루한 걸인이 누워서 앓고 있었다. 걸인은 넓적한 모자를 쓰고, 턱수염만 길었다. 또, 털이불로 몸을 덮고 있어서 옷을 입었는지도 알 수 없었다. 그녀는 궁금해서 더 가까이 가서 보려고 했지만, 곧 낯선 사람을 조심하라는 엄마의 말이 떠올랐다. 그녀는 무서워졌다. 그녀는 주머니에 동전들이 있는 것을 깨달았다. 그것을 그 아저씨에게 주면 무언가 조금은 해결될 것도 알았다. 하지만 그 돈은 그녀의 엄마가 간식을 사오라고 준 돈이었다. 그 돈을 주기에는 그녀는 너무 어렸고, 간식을 포기하고 싶지 않았을 것이다. 그녀는 소리가 나지 않도록 못 본척하며 조심히 지나갔다.

그녀는 집에 와서 냉장고를 열어 보았다. 밀가루 사람은 여전히 곧게 서서 움직이지 않았지만, 꺼내서 자세히 보니 무언가 변해 보였다. 밀가루 사람은 어제처럼 새하얗지 않고 약간의 노란빛이 보였다. 그녀는 틀림없이 엄마가 무언가를 하였을 것이라 짐작했다. 그녀는 밀가루 사람을 더욱 깊숙이 넣어 놓았다. 그녀가 사온 간식을 다 먹고 날 때쯤 엄마가 집으로 돌아왔다. 밀가루 사람이 안 보이는데도, 엄마는 밀가루 사람에 대해서는 한마디도 하지 않아서 그녀도 아무 말도 하지 않았다.

밤이 된 후에 그녀는 냉동실에서 밀가루 사람을 가지고 방에 들어갔다. 그녀는 조용히 인사했다.

"안녕?"

"안녕?"

그녀는 당연히도 놀랐다.

"나는 밀가루로 만들어진 눈사람이야. 네가 내게 힘을 주어서 이렇게 움직일 수 있게 되었어."

"정말? 무슨 힘인데? 이름은 머야? 다른 아이들도 너처럼 움직이니?"

하지만 밀가루 사람은

"네가 밀가루 사람이라고 부르니까 그렇게 부르면 충분할 것 같아."라고 말하고는 다른 답을 하지는 않았다.

그녀는 의문점이 많았지만 그것은 상관없었다. 어쨌든 그녀는 신비롭고 새로운 친구를 얻은 것에 너무나 기뻤다. 밀가루 사람은 그녀가 만들어준 손과 발을 매우 자연스럽게 움직였다. 그녀는 밀가루 사람에게 묘한 책임감을 느꼈다. 밤새 같이 이야기하던 그녀는 문득 낮에 보았던 거지가 생각났다. 그녀는 그 걸인에 대해 이야기했다. 그리고 그녀는

"그 아저씨는 어쩌면 오늘 죽을지도 몰라. 동화책에 나오는 이야기처럼 나도 벌을 받는 것은 아닐까? 도와주지 않은 나는 나쁜 애야."

하고 밀가루 사람에게 고백을 하였다. 하지만 밀가루 사람은 아무 말 없이 그녀의 방을 돌아다닐 뿐이었다. 그녀는 밀가루 사람이 화를 내거나, 자신에게 실망할까 봐 다시 천진하게 웃으며 다른 이야기를 했다. 그제야 밀가루 사람은 다시 그녀와 이야기 해주었다. 곧 그녀도 잠들고 밀가루 사람도 같이 잠들었다. 꿈에서도 그녀는 밀가루 사람과 함께 놀았다.

다음날, 아침에 일어났을 때 밀가루 사람은 움직이지 않았다. 그녀는 엄마가 그녀의 방에 들어오기 전에 밀가루 사람을 냉장고 안에 넣었다. 그녀는 학교로 갔다. 그녀는 밀가루 사람을 생각하다가 문득, 밀가루 사람이 그 걸인에 대해서 아무 말도 하지 않은 것에 대해 생각했다. 그녀는 밀가루 사람이 왜 그랬는지 이제는 알 것 같았다. 그 사람은 나그네처럼 여행을 떠도는 사람이었을지도 모른다. 그 사람은 오늘은 보이지 않았고, 이불 하나만 가지고 있는 것이 그 이유다. 또, 어쩌면 그는 나쁜 사람일지도 모른다. 그녀가 아직은 믿던 이야기에서 보던 권선징악이 그녀에게 오지 않은 것은 그가 악인이라는 것이다. 그녀는 밀가루 사람의 태도를 이해했고, 어쩌면 밀가루 사람이 옳은 선택을 하게 해주었는지도 모른다고 생각했다. 그런 생각을 하고나니, 밀가루 사람이 더욱 더 맘에 들었다. 그녀는 친구들에게 이 일

을 말하고 싶었지만, 동화에 나오듯이 마법에 관련된 일을 비밀로 하는 것이 좋을 것 같았다. 그래서 그녀는 학교에서 거의 말을 하지 않게 되었다. 언제 무슨 말이 튀어나올지 모르기 때문이었다. 그 후로부터 그녀는 매일 밤에 밀가루 사람과 얘기했다. 밀가루 사람은 자신에 대해서 말하기보다는 들어주기를 잘 하였다. 그래서 그녀는 밀가루 사람에게 여러 가지 비밀을 말하기도 하였다. 하지만 밀가루 사람은 자신에 대한 얘기는 도통 하지를 않았다. 그래도 그녀는 밀가루 사람에 대해서도 조금씩 알게 되었다. 일단 밀가루 사람은 표정 변화가 거의 없었다. 그래서 얼굴만 보면 어떤 생각을 하는지조차 거의 알 수 없었다. 또 밀가루 사람은 밤에만 움직였다. 그래서 그녀는 밀가루 사람과 놀 수 있는 밤이 더욱 즐거웠다. 그것은 그녀에게 하루 중 가장 즐거운 일과가 되었다.

그러다가 어느 날에 그녀는 교실에서 색이 곱고 예쁜 펜을 주웠다. 그녀가 주인을 찾아주기 전에 종이 쳤고 그녀는 펜을 들고 그대로 집까지 왔다. 그리고 밤에 밀가루 사람을 꺼내서 그 펜을 보여 주었다. 밀가루 사람은 그 펜에 대해서 굉장히 많은 것을 알려주었다. 이 펜은 꽤나 값나가는 물건이고 쓰기 편하고 잉크도 오래 간다는 것이었다. 그녀는 밀가루 사람이 설명할수록 밀가루 사람이 이 펜을 가지고 싶어 한다고 생각했다. 그녀는 밀가루 사람에게 그 펜을 넘겨주었다. 밀가루 사람은 기쁘게 그것을 받고, 보답으로 멋진 그림들을 그려 주었다. 밀가루 사람의 그림은 정말로 훌륭했다. 그림들은 때로는 우습고, 때로는 무섭고, 때로는 주의산만 했으며, 때로는 사뭇 진지한 느낌이 느껴졌다. 그녀는 밀가루 사람이 그린 자신의 모습을 보다가 잠이 들었다.

다음날도 그녀는 학교에서 얼른 집에 가려고 하였다. 그런데 갑자기 울음소리가 들려왔다. 뒤를 돌아보니, 아이들과 잘 어울리는 소녀가 울고 있었다. 그 소녀는 과연 순진하고 다가가기 쉬워보였고 성격도 그만큼 좋았다. 그 소녀가 울면 누구라도 쩔쩔맬 수밖에 없었다. 그녀도 그 귀여운 아이를 좋아하였고, 그녀가 울자 무언가 잘 못 되었을 것이라 생각했다. 아이들은 그 귀여운 아이를 둘러싼 후 그 아이를 진정시켰다. 그리고 울음의 이유를 물었다. 그 아이는 금방이라도 울 것같이 말하다가 말이 끝나고 나서 다시 울었다. 그녀는 그 소녀에게 가지 않고 멍하니 앉아 있었다. 집으로 온 그녀는 밤이 되기까지를 기다렸다. 그녀는 밤이 되어서 밀가루 사람을 꺼내어 말했다.

"그 펜의 주인을 찾았어. 그러니 이제 돌려줘."

"싫어."

"어떻게, 왜 그런 말을 하는 거야? 처음부터 그건 우리 게 아니었잖아."

"하지만 나는 이 펜이 맘에 들었고 너도 기뻐했잖아."

"중요한 것은 우리 게 아니고, 주인이 나타났으니 돌려줘야 한다는 거지."

"글쎄, 어차피 돌려주지 않으면 그 아이도 모를 텐데, 그냥 우리가 가지자. 내가 더 멋진 그림들을 그려줄게."

과연 밀가루 사람은 전보다 현란하게 펜을 움직였다. 그녀는 그것에 혹하기 전에 어서 정신을 차리고 손으로 그 펜을 낚아채려 하였다. 하지만, 밀가루 사람은 피했다. 그녀는 정말 화가 났다.

"이제 네가 그림을 그려 주더라도 기쁘지 않아. 이제 이 놀이는 끝이야."

"나는 네가 이 펜을 선물로서 준다고 생각했어. 그래서 나도 그 보답으로 매일 밤 그림을 그려줬지. 하지만 이제 이 펜은 우리에게 의미가 없구나."

밀가루 사람은 그 펜을 용케 삼켰다. 그녀는 소리쳤다. 그러자 그녀의 엄마는 잠에서 일어나 놀란 목소리로 그녀를 불렀다. 그녀는 밀가루 사람을 일단 서랍에 넣고 엄마에게로 갔다. 엄마는 그녀를 걱정해 주었다. 그녀는 애써 나오는 울음을 참으며, 아무 일도 없다고 했다. 단지, 무서운 생각이 들었었는데 그것이 꿈에 나왔기 때문이라고 했다. 그녀의 엄마는 그저 다행이라며 같이 자자고 말하였다. 그녀는 엄마 방으로 갔다. 그러나 곧 밀가루 사람이 걱정되어서 엄마가 같이 가준다는 것을 만류하고 화장실을 간다면서 그녀는 방으로 잠시 돌아갔다. 하지만 냉장고에 넣지 않으면 밀가루 사람을 볼 수 없게 될지도 모른다. 그것은 싫었다. 그녀는 서랍을 열었다. 서랍에 든 밀가루 사람은 냉동실에 있던 것처럼 움직이지 않았다. 그녀는 오히려 잘되었다고 생각했다. 그녀는 밀가루 사람을 냉동실에 넣고 오랜만에 엄마와 잠을 잤다.

그 후 그녀는 계속 밀가루 사람에게 호소했지만 밀가루 사람은 펜을 돌려주지 않았다. 결국 이 싸움은 펜에 관해서 그 아이가 잊은 후에야 끝이 났다. 그녀도 사실 지쳐 갔었고, 매일 밤 밀가루 사람이 한 장씩 그려주는 그림들이 그녀를 달래주었다. 그 후 밀가루 사람은 다시 멋진 그림들을 그려 주었고, 밀가루 사람의 매력 때문에 결국 그녀는 다시 친구가 될 수밖에 없었다. 그 후 밀가루 사람의 색깔은 왠지 조금 더 누런 황토빛에 가까워졌다. 밀가루 사람은 전보다 더 활발히 움직였다. 밀가루 사람의 그림을 보다보니 시간이 지나 겨울이 되었다.

여느 때처럼, 그녀는 자기 전에 밀가루 사람과 놀기 위해 냉장고에서 밀가루 사람을 꺼내었다. 그때 창밖을 보니 눈이 쌓여 있었다. 그녀는 서둘러 밀가루 사람을 껴안고, 밤늦게 집 밖으로 나갔다. 길에는 이미 많은 눈이 쌓여 있었다. 그녀는 밀가루 사람을 세워두고 열심히 눈사람을 만들었다. 그녀는 밀가루 사람을 처음 만들었을 때를 생각하며 눈사람을 더욱 정성들여 만들었다. 하얀 눈을 굴리면 굴릴수록, 그녀는 두근거림을 느꼈다. 그녀는 정성들여서 밀가루 사람과 비슷한 크기 정도의 작은 눈사람을 완성했다. 내리는 눈을 좀 더 보고 밀가루 사람과 놀고 싶었지만, 졸음이 몰려온 그녀는 집에 돌아왔다. 집에 돌아온 그녀는 눈사람과 밀가루사람을 나란히 냉장고에 넣어 놓았다.

다음날 그녀가 학교에 있을 때, 그녀는 새로운 벅참을 느꼈다. 그녀는 어쩌면 눈사람도 움직이면서 친구가 되어줄지도 모른다고 생각했다. 그녀는 밀가루 사람과의 추억을 생각하면서 눈사람의 목소리를 상상하였다. 그러다가 학교가 끝나고 그녀는 집에 돌아가는 동안, 그녀는 매우 즐거워졌다. 그러나 곧 그녀는 친구의 모습을 보고 상상에서 벗어났다. 그녀의 친구는 골목 구석진 곳에서 그녀 또래로 보이는 아이들에게 둘러싸여 있었다. 친구는 무서워하고 있었다. 그녀도 무서워졌다. 그녀는 벽 뒤에 몰래 숨었다. 그녀는 그들이 하는 짓을 몰래 훔쳐보고 있었다. 그 무리들은 옆 학교 아이들로 보였는데 무슨 얘기를 하는지는 들리지 않았다. 주위에는 아무도 없었고, 지나갈 사람도 없었다. 저들의 장소 선택은 탁월했다. 어둡고 좁아서 도망갈 수도 없고, 고립되어서 사람을 궁지에 몰아넣는 숨막힘이 느껴져 왔다. 그녀는 그녀의 친구를 구하려고 갖은 상상을 다하기 시작했다. 그녀의 머릿속에서 세상이 만들어지고 허물어졌지만, 그녀는 아무것도 하지 않았다. 결국 그 일은 끝이 나고, 그 아이들은 돌아갔다. 물론, 그때 그녀는 들키지 않도록 벽에 바짝 붙었다. 그녀는 친구를 보았다. 친구는 다리를 후들거리며 떨다가 기절해버렸다. 그녀는 친구가 쓰러졌지만, 그 무서움들은 갔지만, 친구를 진작 돕지 않았다는 질책을 받을까 무섭고, 자신도 해코지를 당할까 두렵고…… 집에 있는 눈사람을 보고 싶고 해서 몰래 집으로 돌아 가였다. 집으로 오는 동안 그녀는 계속 그 생각이 났다. 마음은 짓눌리고 어쩌면 그 친구와 이전처럼 지내지는 못 할지도 모른다고 생각했다. 그녀는 어서 눈사람과 밀가루 사람을 보고 싶었다. 두 사람이 자신에게 무슨 이야기든 해주길 바랐다. 죄책감을 떨치고 싶었다. 그녀는 집에 들어와 냉장고 문을 열기 전에 잠시 눈을 감고 섰다. 그리고 그녀는 눈을 뜨고 문을 열었다. 하지만 냉장고에는, 눈사람은 얼음덩이와 물이 되어서 부서져 있었고, 밀가루 사람만이 방금 구워진 듯 구릿빛이 되어서 사람답게 서 있었다.

저는 요 1년간 글을 써왔습니다. 지금 이 책에 실린 사회문제와 소설 외에도 많은 글을 써왔습니다. 이 글을 끝으로 글쓰기 작업이 끝나면 당분간 글을 쓰지 않게 되겠지요. 마지막 글을 쓰면서 느끼는 것은, 지금 쓰고 있는 이 글이 가장 어렵다는 것입니다. 이것은 소설도, 비판도 아닙니다. 오직 제가 느낀 점을 써내려가는 것인데, 내면을 솔직히 드러내는 것만큼 어렵고 또 부끄러운 것이 어디 있을까요. 그리고 후기를 재미있게 보려는 사람이 드물다는 것도 저는 압니다. 후기는 그저 계륵으로서, 다른 사람들도 별로 즐겁게 보려하지 않고, 저도 쓰기가 여간 어렵지가 않습니다. 이런 부조리가 생기기 전에, 제가 느낀 점을 짧은 이야기로 풀어보겠습니다.

어느 겨울 날, 베짱이와 여치가 있었습니다. 둘은 둘도 없는 친구였지만 추운 겨울을 버티기에는 너무 힘들었습니다. 둘은 겨울이 오기 전에 전혀 일을 하지 않았기 때문에 개미들이 먹이를 나눠주지 않는다고 원망할 수도 없었습니다.

"여치야, 우리는 이제 죽는 걸까?"

"당연한 걸 왜 물어."

"가을날까지만 해도 즐거웠는데 다 부질없었구나."

"그렇지는 않아. 우리가 함께 노래 부를 때는 신났잖니?"

"그건 그래. 우리 마지막으로 한 번 불러볼까?"

"좋아."

베짱이와 여치는 함께 노래를 했습니다. 마지막으로 부르던 노래는 정말로 아름다웠습니다. 그 덕인지 겨울이 가고 봄이 찾아 왔습니다. 베짱이와 여치는 서로가 살아 있다는 것에 기뻐하며 노래했습니다. 잠시 후 개미들이 올라와 봄이 온 것을 보고 기뻐했습니다. 그리고 베짱이와 여치를 인정해 주고 높이 사서 모두 함께 살았답니다.

그린비, 봄을 꿈꾸다

가고 싶은 길

이승빈

●길 잃은 입시●
●나의 어린 캡틴●

길 | 가고 싶은 길
잃은 입시

　대한민국 학생들 대부분은 대학수학능력시험(이하 수능)을 친다. 또 우리
는 무려 12년 동안 수능을 준비한다. 그리고 그 수능으로 대학이 결정되기
때문이다. 그러나 이런 수능제도에는 문제점이 있다.

　수능이 도입될 당시에는 범교과적 사고력 측정이라는 목표 하에서 출발
하였으나, 현재의 수능은 고등학교 교육과정의 수준과 내용에 맞추어 고차
적인 사고력을 측정하는 '발전된 학력고사' 정도로 규정되고 있다. 사고력
측정과 학업성취도 측정의 성격이 혼재되어 있어 수능의 성격이 모호해졌
고, 학교 수업과 시험 내용의 괴리 현상이 일어나고 있으며, 이는 학생들에
게 사교육을 부추겨 이중 부담을 준다는 지적이 지속적으로 제기되고 있다.
수능제도는 학생들의 무한경쟁을 유도하고 12년 간 오직 수능만을 준비하
게 한다. 그로 인해 사교육은 점점 커져가고 있다. 그리고 오로지 수능만을
준비해야 한다. 독서도 취미도 잠시 접어두고 공부만을 하는 것이 최고 미
덕으로 취급 받아가고 있다. '그런 것들' (?)은 대학 붙고도 할 수 있기에.
솔직히 야자시간에 독서를 하면 혼을 내거나 책을 뺏으시는 선생님들이 몇
몇 계신다. 하지만 야자는 야간자율학습, 즉 자유롭게 하는 공부다. 그때 책
읽는 것이 잘못된 것인가? 나는 독서도 일종의 공부라고 생각한다. 책을 읽
음으로써 내가 모르는 걸 배우기 때문에 공부도 결국 모르는 걸 배우는 것

이 아닌가 싶다.

그리고 수능에서는 오직 국영수와 사회·과학점수로 사람을 평가한다. 그 사람의 됨됨이, 인격, 성격 등은 알 수 없다. 예를 들어 수능에서 1등급 맞은 학생과 3등급 맞은 학생이 있다. 이 1등급 받은 학생은 시험은 잘 쳤으나 사실 인격적으로 올바르지 못하고 꿈이 없다. 하지만 교사가 안정적인 직업이라는 말에 교사를 희망한다. 반대로 3등급 받은 학생은 시험점수는 안 좋으나 인성이 바르고 교사라는 꿈을 가지고 오래전부터 준비해 왔다. 그럼 이 둘 중 누가 더 교사에 어울리는 걸까? 난 3등급 받은 학생이라고 본다. 이 이야기가 너무 극단적이고 이상적이라는 사실도 알고 있다. 그러나 나는 학교란 일종의 사회생활의 시작이라 할 수 있는 곳으로, 사회활동의 기본을 배우고 인성 등 여러 항목들을 키워서 결국 아직 사회화되지 못한 아이들이 사회에 나갈 준비를 하는 곳이라고 생각한다.

이런 면에서 프랑스는 매우 이상적인 수능시험 케이스를 적용시키고 있다고 판단된다. '바칼로레아(Baccalauréat)'라 부르는 것이 바로 그것인데, 이 시험은 일반, 기술, 직업의 세 가지 시험이 시행되며, 철학과 논술을 필수로 하여 인간정신과 도덕, 정치, 사회, 경제 등 다방면에 걸친 독서와 자신의 생각, 논리적 글쓰기 능력을 요구한다. 특히 이 시험은 전부 논술식으로 시험을 치르게 된다는 점에서 더욱 차이가 난다. 이 시험은 자신이 가지고 있는 관념이나 신념에 대하여 서술하는 것이기 때문에 한 사람의 철학적 생각이나 그가 지니고 있는 정신을 알기에는 이상적인 시험이라고 생각된다. 이런 시험이 정말 그 사회에 필요한 인재를 뽑아내는 시험이 아닐까라는 생각을 해본다.

하지만 우리나라에 이런 제도를 적용시키려면 적어도 10년은 더 걸리지 않을까. 그러니 우리는 고칠 수 있는 것을 고쳐 사용해야 한다. 앞에서도 말했듯이 수능제도가 완전히 잘못된 것은 아니다. 우리나라처럼 자원도 땅도 없는 나라에서 인적자원이야말로 최고의 자원이며, 수능제도 역시 오랜 기간 우리의 인적자원 정비에 일조해 온 제도라 볼 수 있다. 그러므로 우리는 수능이라는 제도 자체를 바꿔야 하는 것이 아니라 수능제도들의 잘못된 문제점들을 바로잡아야 한다.

그러면 수능제도가 가진 가장 큰 문제점은 무엇일까. 바로 수능에 응시하는 학생들이라 생각한다. 자신의 목표를 가지고 공부하는 사람이 대한민국 고등학생의 30%는 될까? 나머지는 그냥 왜 하는지도 모르고 의욕도 없지만 주변에서 하라고 억지로 등 떠밀린 학생들이 대부분이라는 게 문제다. 중학교 이후 자신의 길을 정하지 못하는 학생들이 무작정 대학을 가겠다는 막연한 생각으로 인문계 고등학교에 진학한다. 혹은, 대학을 나오지 않으면 얻는 여러 불이익들 때문에 억지로 대학에 가려고 한다.

그러므로 입시 문제를 해결하기 위해서는 교육 제도의 개편이 아니라, 이렇게 모든 학생들이 대학에 몰리는 현상을 먼저 바로잡아야 한다고 생각한다. 고졸에 대한 사회적인 시선을 개선하고 고졸 취업자들이 겪는 여러 가지 문제들을 적극적으로 개선하여야한다. 그중 특성화고등학교들의 지원이 가장 바람직한 문제해결법이라고 생각한다. 여기서 특성화고등학교는 예술 고등학교와 같은 예체능계학교가 아닌 대학진학이 목표가 아닌 전문적인 기술 교육을 통해 고등학교를 졸업 후 기술직으로 취업 전선에 곧장 뛰어드는 상업고등학교나 공업고등학교 등을 말한다. 이런 학교는 문제아나 공부 못한 아이들이 가는 곳으로 인식되어 질이 나쁘다고 인식하는 경우가 많다. 하지만 난 이런 학교가 더욱 전문화되면 천대 받지 않고 오히려 사회에서 필요한 존재로 인식되어 갈 것이라 생각한다. 인재가 아무리 재능을 펼쳐도 기술이 없으면 그 지식은 구현할 수 없다. 사람마다 추구하는 방향이 다르고 또 재능이 다르기 때문에 학업에 뜻이 없는 건 나쁜 것이 아니다. 자신의 적성에 맞게 재능을 펼칠 수도 있는 것 이다. 아직은 기술직종의 재능을 가진 아이들이 그런 재능을 펼칠 곳이 적으니 결국 자신의 뜻과 상관없이 대학 진학이라는 큰 길로 들어와서 헤매는 것이라 생각된다. 그러므로 이미 너무 넓어져버려 수험생들 전부가 대학을 가도 정원이 남을 정도인 불필요한 대학의 수를 줄이고 기술직종의 전문학교를 더 만들어야 한다고 생각하는 것이 내 의견이다.

요즘에도 교육 개정이 자주 일어나는 것을 보아 아직은 우리나라의 교육 제도들은 고쳐나가는 단계라고 생각한다. 걸음마를 배우고 있는 아기에게 뛰라고 할 수는 없는 법이다. 우리나라의 교육은 아직 커가는 과정 속에 있다고 생각한다. 언젠간 다른 방향으로 가는 사람이 있더라도 이상하게 보지 말고 응원하는, 그런 이상적인 사회가 되기를 희망한다.

나의 어린 캡틴

"야, 강준범. 너 또 자냐! 앞으로 나와, 임마!"

어젯밤 늦게까지 영화를 보는 바람에 수학시간에 잠을 자고 있다가 수학 쌤한테 걸렸다. 피곤함에 고개를 꾸벅꾸벅 거리며 앞으로 나갔다.

"얌마, 너 어제 뭐했길래 이래 빌빌대나!"

"어제 영화 보다가……."

"얌마, 너 인제 고3야, 고3! 정신 차려야지, 대학 안 갈 거야?"

또 저 소리다. 우리 엄마나 선생님들은 다 내가 영화 보면 저런 소리를 한다. 난 영화 보는 게 좋다. 특히 철학적 메시지나 좋은 스토리가 담긴 고전영화를 좋아한다. 하지만 내가 고2라는 이유로 혼나야 하다니 어이가 없다.

"땡동– 땡딩딩동–"

"종 쳤으니깐 오늘 이 정도만 하고 내일은 적분 들어갈 거니깐 그 앞부분까지 다 풀어와라. 반장, 인사하자."

"네, 차렷 경례!"

"수고하셨습니다!"

다음 시간은 이틀 뒤인데 20장이 넘는 숙제를 하라고 한다. 이걸 어떻게 하라는 건지 모르겠다. 다른 애들은 학원에서 이미 풀었거나 아님 또 음악

같은 비주요 과목시간에 풀게 뻔하다. 전국 10위 내에 드는 사립고의 특성인지 음악선생님이나 다른 비주요 과목 선생님들도 수업시간에 문제집을 풀어도 뭐라 하지 않으신다. 그런데 아이들은 20장이나 되는 문제집을 왜 그리 급하게 풀어야 하는지 알고 있을까. 왜 해야 하는지는 알고 하는 걸까. 전에 한 번 우리 반 1등한테 물어보니

"숙제잖아. 내신관리 하려면 해야지. 대학 안 갈 거야?"

라는 멍청한 대답이 돌아왔다. 누군가 그랬다. 흔들리며 살지 않기 위해서는 인생의 목표를 잡으라고……. 하지만 딴 놈들도 다 저런 생각으로 하는 거라면 우리들은 내신관리만을 위해 이 학교에 있는 건가. 그럼 우리의 목표는 좋은 대학인가? 그 다음은? 대학을 좋은 성적에 졸업하고 좋은 직장에 취직하는 것인가? 허무해진다. 마치 우리들의 학교가 영화 '죽은 시인들의 사회'의 '웰튼 고등학교' 같다. 전부 자신의 미래를 '더 높은 사회로 가는 것'으로 어릴 적부터 정해놓고 사는 것 같다. 그런 우리들에게 꿈을 키워주고 학교의 부조리함을 없애주는 '키팅 선생님' 같은 사람은 없을까. 또 잠이나 자야겠다.

다음 날이 되었다. 반에 전학생이 왔다. 또 어떤 목표도 없는 놈이 이 멍청한 곳에 온 건지…….

"안녕! 난 김영준이라고 해! 부모님이 직장을 옮기셔서 어쩔 수 없이 전학을 왔어. 꿈은 작가야. 잘 부탁해!"

고개를 괴고 있던 나는 앞을 바라봤다. 처음이었다. 목표가 좋은 대학교 입학이 아니라 자신의 꿈을 이루는 것인 아이는……. 조금 관심이 생겼다. 저녁이 되었다. 변함없는 야자시간. 학원에 간 아이들을 제외하고 나머지 아이들이 야자 중이다. 남은 아이들 중 반은 자습 중이고 반은 나처럼 그저 시간이나 때우려는 듯 잠을 자거나 휴대폰을 만지며 놀고 있다. 그러나 한명, 영준이는 공부를 좀 하나 싶더니 무언가를 쓰고 있다. 궁금해서 화장실

을 가는 척하며 보니 노트 빽빽이 소설 같은 것이 적혀 있었다. 그러다 영준이와 눈이 마주쳤다.

"왜? 너도 소설 좋아해?"

당황한 나는 그냥 화장실로 뛰어와버렸다. 숨을 돌리려고 하자 옆에 영준이도 와 있었다.

"왜 도망가. 소설 싫어해?"

"아…… 아니……."

당황스러운 마음을 정리하자 문득 이렇게 피할 이유가 있냐는 생각이 들었다. 그래서 당당히 나가보기로 했다.

"소설을 싫어하는 건 아니지만 소설보다는 영화를 좋아해."

"와, 정말? 그런데 영화들 중에는 소설이 원작인 영화들도 많잖아. 죽은 시인의 사회라든가 또……."

"저…… 정말? 죽은 시인의 사회가 소설이 원작이야?"

"응, 몰랐어? 근데 넌 준범이지? 무슨 영화를 좋아해?"

정말 몰랐다. 내가 가장 좋아하는 영화인 '죽은 시인의 사회'가 소설이 원작이라니……. 그날 영준이와 이야기를 나누곤 우리는 곧 친해져 식사시간마다 밥을 먹으며 영화와 소설에 대해서 이야기했다.

"소설이나 영화나 똑같이 교훈이나 재미있는 스토리가 담겨 있지만 영화에는 영상에 담겨지는 그런 시각미가 있어서 영화가 더 나은 것 같아."

"하지만 소설에는 나름의 자세한 스토리 진행으로 상상할 수 있는 여지가 있잖아?"

"하지만 시각으로 그려지는 거랑 상상하는 거랑은 정확성에서 다르잖아."

그런 이야기들은 나를 즐겁게 해주었고 영준이과 나를 더 친해지도록 만들었다.

그러던 어느 날 저녁시간 밥을 먹고 운동장 벤치에 앉아 음료수를 먹고 있을 때 영준이가 물었다.

"준범아, 넌 꿈이 뭐냐?"

"꿈?"

나는 잠시 고민해 봤지만 내 생각 속에는 꿈이란 게 없는 것 같았다.

"…… 없는 거 같다."

"엉? 그럼 너는 공부는 왜 하는데?"

"…… 학교에서 하라니깐? 그리고 부모님을 실망시켜 드리고 싶진 않아."

"…… 그게 뭐야. 그럼 니 의견 같은 건 없는 거야? 너 바보야?"

순간 영준이가 전학 오기 전 수학시간에 생각했던 생각이 떠올랐다. 멍청이라 생각했던 우리 반 일등과 같은 생각을 가지고 살고 있었던가. 어느 순간 나도 멍청이가 되어 가고 있었다. 그저 꼭두각시처럼, 자신의 생각이 없이 움직이는 그런 놈이 되어 있었던 것이다.

"…… 전에 내 꿈을 소설가라 그랬지? 좋아하는 소설을 내가 직접 써보고 그걸 읽으면서 주인공들의 모습들을 상상하는 게 꿈이었어. 그래서 내 꿈이 소설가인 거고……. 그런데 소설은 나만 읽는 게 아니잖아. ○○대학 국문학과에 들어가 더 많이 배워 문법도 탄탄하고 흡인력도 있는 소설을 만들 거야. 다른 사람들이 재미있게 읽어 주면 정말 좋겠다 싶어서, 그게 내 최종 꿈이 된 거야. 그리고 ○○대학에 들어가려면 성적이 필요하지. 그래서 공부를 하는 거고……. 그런데 넌 뭐야? 꿈도 없는데 공부는 왜 해? 부모님을 실망시켜드리고 싶지 않아서라고? 너희 부모님은 아무 생각 없이 사는 널 보면 더 실망하실 거다. 이 멍청아."

"……."

틀린 말이 아니었다. 나는 그저 다른 사람들의 눈이 무서워 다른 아이들과 똑같이 하고 있을 뿐이었다. 왜 해야 하는지도 모르는 채 하는 '척'만 하고 있었고, 믿고 따를 만한 나만의 '키팅 선생님'을 기다리는 척하며 현실을 회피하고 있었다. 아니 어쩌면 알고 있었는지도 모르겠다. 내가 '키팅 선생님'이 될 수 있었다는 걸……. 나 같은 것도 신념과 목표를 가지면 새로운 인생이 펼쳐진다는 걸 말이다. 그 영화의 주인공 고등학생들처럼 나도 스스로 목표를 찾을 수 있었다. 하지만 두려움에 그렇게 하지 못했었다. 할 수 있음에도 그저 무섭다는 이유만으로 어른들 뒤로 숨으려 하였다. 아무것도 하지 않은 채 바라기만 했다. 아무것도 하지 않은 채 탓하기만 했다. 나 자신이 바뀌면 해결될 문제였다. 부끄러웠다.

"…… 꿈을 찾기엔 너무 늦지 않았을까……?"

"…… 사람이 자신의 일에 전문화될 때까진 7년이 걸린대. 넌 인제 18년을 살았고 니가 100년을 산다고 했을 때 아직 너한테는 82년이라는, 11번의 변화의 기회를 잡고도 5년이 남은 거야. 지금 꿈을 가져도 늦지 않아. 꿈을 먼저 찾아봐. 넌 할 수 있어."

"…… 정말 늦지 않았을까?"

"그래, 정말로!"

나는 내가 너무 늦었다고 생각해버렸다. 다른 사람들이 치고 나갈 때 아직 출발선에서 밍기적거렸기에……. 하지만 이 녀석은 나에게 아직 기회가 있다고 한다. 나는 이 녀석이 말하는 그 기회를 잡아 보고 싶다.

"나는…… 감독이 되고 싶어, 영화감독. 그래서 언젠가 진짜 제대로 된 의미 있는 영화를 만들 거야. 그래서 칸 영화제에도 초청받는 그런 감독이 될 거야."

영준이는 나를 보며 씩 웃으며 말했다.

"그래? 그럼 내가 쓴 소설로 영화를 찍으면 되겠네. 나중에 영화 만들 때 소설을 각본화할 때도 도와줄게."

"그래, 일단 나도 내 꿈을 위해선 어떤 공부가 필요한지 알아봐야겠어. 도와줄 거야?"

"그래, 그러자! 일단 일어나."

영준이가 웃으며 일어나 손을 내밀었다. 그 손을 잡고 일어나는 순간, 문득 영준이와 키팅 선생님이 닮아 있다는 생각을 했다. 그는 그 자신이 목표를 잡은 것에 그치지 않고 남에게도 손을 뻗을 수 있는 훌륭한 '캡틴'이 되어 있었다. 나도 그처럼 되고 싶다는 생각이 들었다. 나의 목표를 잡은 그런 날이었다.

– 해내야 한다는 마음으로

 드디어 책이 완성되었습니다. '인제 끝이다' 라는 생각에 아쉬운 마음이 듭니다. 이번 책이 내 인생 첫 번째 작품이자 어쩌면 마지막 작품일지도 모릅니다. 작년에 한 번 써보았다면 이번 작품은 더욱 잘 쓸 수 있었을지도 모른다는 생각과 지금이라도 좀 더 다듬으면 더 좋은 글이 될 수 있을 것 같은 미련이 남으면서, 작년 동아리 신청 기간을 놓쳐버린 내가 미워지기만 하네요. 하지만 이번이라도 이렇게 작품을 낼 기회를 만들어 준 3월의 나에게 감사합니다.

 그리고 이번 작품을 통해 감사드리고 싶은 분들도 많이 계십니다. 첫 번째는 제 글을 읽고 검수해 주시어 좀 더 글의 형태를 다듬도록 해주신 김자영 선생님. 두 번째로 생각나는 대로 막 적었던 허접한 각오문을 보시곤 동아리에 넣어주시고, 성실했다고 할 수 없던 동아리 활동을 하였음에도 믿고 용서해 주신 우리 동아리 담당 이은희 선생님.(선생님들이 글이 막힐 때마다 글에 방향을 제시해 주셔서 이번 글을 이만큼 적을 수 있었지 않나 싶습니다.) 그리고 마지막은 나의 삶의 멘토로서 항상 좋은 글을 읽으면 메모해 두셨다가 아들에게 알려주시는 우리 어머니 이수민 여사님. 어머니 덕에 철도 들고 생각도 깊어졌던 것 같습니다. 항상 어머니 말씀 잊지 않으며 살아가고 최선을 다하며 살겠습니다. 항상 사랑합니다. 그 외에도 감사한 분들은 많지만 하다보면 끝이 없을 것 같네요. 하지만 항상 감사한 마음만은 가지고 살아가도록 하겠습니다.

 마지막으로 잠시 글에 대한 이야기를 해보려 합니다. 어찌 보면 제 각오이기도 하구요. 사실 이번 소설의 주인공들이었던 준범과 영준은 나를 생각하며 만든 인물입니다. 아직 우왕좌왕하며 미래에 목표를 잡지 못하고 있는 나를 준범에 투영하기도 하고 내가 자기계발 서적들을 읽고 스스로 만들어낸, 미래의 꿈꾸는 인물을 영준에 반영시키기도 하였죠. 그런데 이 글을 쓰면서 문득 '아, 아직 나는 준범에서 벗어나지 못하고 있구나!' 라는 생각이 들 때가 종종 있었습니다. 마음으로 이해하는 것과 실천하는 것이 다른 것처럼, 그저 '해야 한다'는 마음과 '해내야 한다'는 마음은 다른 것인데 아직 저는 '해야 한다'는 마음만 먹고 '해내야 한다'는 간절함이 부족했던 거죠. 사실 지금은 나의 꿈을 향해 준비하고 달려야 한다는 사실을 잘 알고 있지만 힘들다는 이유로 포기하고 있었습니다. 하지만 그 사실을 다시금 깨달은 지금은 달라져야 합니다. 1년이죠. 1년만 노력하면 내 꿈이 실현될지 아닐지가 결정되겠죠. 1년만 고생하겠습니다. 노력하겠습니다. 그리고 결과가 나온다면 어떤 결과든 수용하고 그에 맞게 길을 찾아 가야겠죠. 하지만 지금만큼은 '해야만 한다'라는 간절함으로 하겠습니다. 남은 1년 준범에서 영준으로 변화된 삶을 살 수 있기를, 또 언젠가는 이번 글보다 훨씬 좋은 글을 쓸 수 있기를 희망합니다.

그린비, 봄을 꿈꾸다

회초리

허성준

● 영원한 감옥 ●
● 빛 ●

영원한 감옥 | 회초리

– 성폭력에 관하여

성(性)은 남자와 여자를 구분하는 동시에 남녀 간의 사랑도 포함이 된다. 하지만 성 중에서도 아름다운 성과 정말 악한 성이 존재한다. 악한 성은 TV 뉴스 또는 인터넷 기사, 신문에 전면적으로 나오는 성폭력을 말한다. 성폭력은 성희롱이나 성추행, 성폭행 등을 모두 포괄하는 개념으로 성을 매개로 상대방의 의사에 반해 이뤄지는 모든 가해 행위를 의미한다. 성폭행은 강간과 강간 미수를 의미하는데, 형법 제 297조에 의하면 강간한 자는 3년 이상의 유기징역에 처한다고 나와 있고, 성추행은 강제추행을 뜻하는데 형법 제 298조에 의거 강제추행한 자는 10년 이하의 징역 또는 1500만 원 이하의 벌금에 처한다.

이런 성폭력법 조항들을 들여다보면 우리나라의 처벌 강도는 다른 나라에 비해서 약하다는 생각이 든다. 그 어느 나라보다도 인권을 강조하는 미국에서는 성범죄자, 특히 아동을 대상으로 성범죄를 저지른 자들에 대해서는 아주 엄중한 처벌을 하고 있다. 법조문 상으로만 엄벌하라고 규정해 놓은 것이 아니라 실제로 법원에서 형을 선고할 때도 비교적 중형을 선고하는 경우가 많다. 몇몇 주(州)에서는 아동을 대상으로 한 성범죄 전과자의 집 앞에 그에 대한 안내문, 표식 등을 게재하도록 명령하는 등 소위 메간법 (法-Megan's Law) 또는 그와 유사한 제도를 시행하여 이웃 주민들이 미리미리 대비를 할 수 있도록 하고 있다. 포르노 동영상이 합법화된 나라이지만 아동이 출연하는 포르노 동영상은 미연방수사국(FBI)이 직접 나서서 단속을 할 정도로 엄격하게 금지하고 있다. 유럽 선진국들에서도 대체로 성폭력 범죄에 대한 형 집행이 엄중한 편인데, 일부 국가에선 상습적인 성범죄자만을 가두는 치료감호소를 운영하고 있다. 아시아에선 싱가포르가 성폭력 사범에 대해 가차 없는 처벌을 하기로 유명하다. 강제 추행 만 저질러도 구체적 사안에 따라서는 징역형과 함께 6대 내외의 태형(곤장)도 집행되는데 태형의 경우 한 대만 맞아도 그 정신적 충격 때문에 2~3년 정도씩 발기부전 등으로 고생할 정도이므로 오히려 징역형보다 더 무서운 형벌이라고 할 수 있다. 강간죄의 경우엔 필수적으로 태형이 함께 선고되므로 강간을 저지르는 자들은 그에 대한 대가를 피할 수 없다. 덕분에 싱가포르는 전 세계에서 가장 안전한, 특히 여성 입장에서 가장 안전한 국가 중 하나가 되었다.

우리나라도 하루빨리 법을 더욱 강하게 개정해서 '성폭력'이라는 썩은 뿌리를 뽑아내었으면 좋겠다. 중학생이 초등학생 3명을 성폭행한 '대구성폭력 사건', '광주인화학교 사건', 어린아이를 강간 및 성폭행하고 죽이려 했던 '나영이 사건' 등 이 외에도 크고 작은 성폭력 관련 사건들이 지금 이 순간에도 끊임없이 발생하고 있다. 그러나 우리 눈에 보이는 이 많은 사건들이 성폭력 사건 전체의 일부라는 것이 안타까울 뿐이다. TV 뉴스, 인터넷 기사에 '성폭력, 강간 후 살해, 성추행' 이런 문구들이 나올 때마다 정말 가슴이 답답하다. 성폭행 범들은 자기 자신이 얼마나 어리석고 인생의 밑바닥을 기고 있는지를 모를 것이다. 자기 자신의 성욕구를 충족하기 위해 무고한 여성을 강간하고 성추행하는 짓은 너무도 비참하고 서글픈 일이다. 성폭행 범 중에서도 아동 성폭행 범들은 사형을 받아야 마땅할 것 같다. 성폭행을 당한 아이의 부모님들은 얼마나 속상하고 가슴이 아플까? 이루 말로 다 설명할 수 없을 것이다. 밤 10시에 학교를 마치고 집에 걸어가고 있으면 앞에 모르는 여성분들이 뒤를 보고는 빠른 걸음으로 걷거나 뛰는 그런 행동을 한다. 그럴 때마다 사람들에게 신뢰를 주지 못하는 이런 사회에 대한 실망감이 커진다. 성폭력이 일어나고 있는 이 세상은 정말 악하고 위험하고 음흉한 세상이다. 이 음흉한 세상에 환한 빛을 비출 수 있도록 제발 이 성폭력이라는 악한 성을 불태워버리고, 무고한 여성 피해자들이 가슴 속 영원한 감옥에 갇히지 않게 오로지 아름다운 성만 존재했으면 좋겠다.

빛 | 회초리

'희망의 새 시대를 열자'

내가 일하고 있는 서울 지하철 경찰대의 슬로건이다.

"지랄하고 있다. 맞제? 정 순경? 희망은 개뿔……."

"예, 그렇지 말입니다."

"말 편하게 하라니까. 여기가 무슨 군대야? 같은 경상도 사람끼리 편하게 해라, 응?"

"예, 노력해 보겠지 말입니다."

내 이름은 정민석. 다섯 번 만에 내 꿈인 경찰 공무원에 합격했다. 내 고향 대구, 집 가까운 곳에서 일할 수도 있지만 부모님 품 안에서 벗어나고 싶은 마음과 독립해서 잘 사는 능력을 보여주고 싶은 마음에 서울 지하철 경찰대에 지원했다. 그러나 역시 집 나오면 개고생이다. 원래 성격은 활발하고 남자답고 투박한데 이곳에 오니 분위기가 싸늘하니 너무 삼엄해서 나도 모르게 군대에서 썼던 말투가 버릇처럼 나오게 되었다.

'솔직히 여기 너무 무섭다.'

내가 일하는 곳은 지하철 경찰대 중에서도 가장 바쁘고 죽어라 뛰어다녀야 되는 수사 1대이다. 마음 같아서는 본대 행정팀에 정말 가고 싶다. 하지만 이분들의 무서운 눈빛이 나를 잡고 있어서 도저히 떠날 수가 없다.

이곳에 오면서 새로이 많은 사람들을 알게 되었지만 눈에 익은 사람도 있었다. 내 우상이었던 고등학교 절친 주완재, 얼굴도 잘생기고 운동도 잘해서 여학생들한테 인기가 정말 많았지만 이곳 생활이 힘든지 40대 아저씨 모습이다. 완재는 이곳에 온 지 2년이 되었다. 나는 아직 석 달밖에 되지 않은 신참이라서 온갖 괴롭힘을 당하고 있다. 정말 너무나도 서글프다. 엄마가 너무 보고 싶다.

이곳에서 만난 새로운 사람들 중 좋은 분은 진구 경장과 마동석 경사다. 두 분은 나를 아주 친절히 잘 대해 주시고 특히 마동석 경사는 같은 경상도 사람이라서 더욱 잘 통한다. 좋은 사람이 있는 반면 보기만 해도 진절머리가 나는 사람도 있다. 그 인간의 이름은 이민기 경위, 여기서 계급이 제일 높다지만 자기가 스트레스 받는 일이 조금이라도 생기면 있는 성질 없는 성질은 전부 다 나하고 완재한테 낸다. 뭐 저런 인간이 있나싶다. 그래도 어쩔 수 없다. 고개 숙이고 받아들여야지.

하루에 수십 건의 신고 전화가 들어온다. 그중에 성범죄가 3분의 2를 차지한다. 정말 심각하다.

"아, 전화 또 오네, 완재야, 빨리 받아라."

진구 경장은 전화 받기를 귀찮아해서 다른 사람에게 시키신다.

"예, 서울 지하 경찰 수사 1대입니다. 어느 역이라구요? 예, 예, 알겠습니다. 바로 그쪽으로 가겠습니다."

"무슨 일이야?"

"30대 정도로 보이는 남성이 검은색 종이팩 안에 소형 카메라를 넣고 몰래 여성분들 속옷과 다리를 찍는 것 같다고 합니다."

"그래? 빨리 민석이랑 출동해라. 경찰인 거 절대로 들키면 안 된다."

"예, 다녀오겠습니다. 야, 정민석. 니 어리바리하게 행동하면 진짜 죽는다. 알겠나?"

"알겠다."

'완재 저 새끼는 하루도 지랄 안 하는 날이 없네. 한 대 쥐어박고 싶다.'

넓은 지하철은 범죄의 정글이다. 수많은 사람들 중에서 범인 한 명을 잡는 것도 쉽지 않고, 설사 잡더라도 또 다른 곳에서 범죄가 일어날 수도 있기 때문에 주의를 잘 살펴야 된다. 역에 도착해 둘러보고 또 둘러봐도 범인은 보이지도 않는다. 벌써 2시간이 지났다. 이러고 있는 동안에도 이 넓은 지하철역 안에서 또 다른 범죄가 일어나고 있을지도 모르니까 포기하고 완재와 함께 순찰을 돌기로 했다. 소변이 마려워서 잠시 화장실에 들렀다. 담배 한 개비를 물고 불을 붙이려는 순간, 범인의 인상착의를 한 남성이 들어왔다.

'종이팩 갖고 있고, 30대같이 생겼고…… 오케이.'

그 남자에게 슬쩍 말을 건네 보았다.

"사는 게 왜 이렇게 힘들죠, 참……. 여자 친구도 못 사귀어보고 진짜 한숨밖에 안 나온다."

그 남성은 씨익 웃으며 변태 같은 얼굴을 하고선 대답을 했다.

"쯧쯧, 힘내세요. 저는 요즘에 이렇게 좋은 카메라로 좋은 사진을 찍고 있거든요. 요즘 살맛납니다."

"어디 한번 나도 좀 봅시다."

"저 빈칸으로 들어가요, 빨리 와요."

참 묘한 기분이 들었다. 화장실 안에서 그것도 남자 둘이서 참 기분이 뭐 같았지만 범인은 바로 이 남자였다. 수많은 여성의 팬티와 치마 사진을 가지고 있었다. 나는 그 자리에서 바로 남자를 검거했다.

"당신은 성폭력 처벌 등에 관한 특례법 위반 제14조에 의거 카메라 등을 이용한 촬영으로 검거됩니다. 성적 수치심을 유발할 수 있는 신체부위를 촬영했으니 성범죄 처벌을 받게 될 수 있고, 타인의 초상과 신체부위를 몰래 촬영했으므로 초상권 침해 사유로 처벌될 수도 있습니다."

"아, 경찰관이었습니까? 선생님, 한 번만 봐주시죠? 저 정말 불쌍한 놈입니다. 앞으로 이런 짓 절대로 하지 않을게요."

"자세한 건 가서 말씀하시죠."

이런 곳에서 범인을 잡다니 진짜 상상도 못할 일이었다. 역시 나는 운이 좋은 사람인 것 같다. 범인을 잡고 경찰대로 돌아가는 중에 완재가 헐레벌떡 뛰어왔다.

"야, 니 어디 갔었냐? 개인행동 하지 말라고 했잖아."

완재는 많이 화가 나 보였다.

"그래도 범인 잡았잖아. 니가 그렇게 빈둥빈둥 돌아다니는 동안 나는 이리 뛰고 저리 뛰어서 이 범인 잡았다."

사실은 운이 좋았지만 완재 앞에서 뭔가 자랑하고 싶은 욕구가 솟아올랐다.

"그래, 수고했다."

어릴 때부터 완재는 내 친구이자 동경의 대상이었다. 그래서인지 완재 옆에 있으면 위축되고 자신감도 줄어들었었다. 하지만 오늘은 달랐다. 범인을 내가 완재보다 더 빨리 검거했다는 사실에 내 자신이 뿌듯했다. 그래도 나는 완재 앞에서 더 이상의 티를 낼 수가 없었다. 땀을 뻘뻘 흘리면서 범인을 찾으러 이 넓은 지하철을 돌아 다녔을 것을 생각하니 미안한 마음이 들었다. 경찰대에 도착한 뒤 범인의 인적사항을 조회하고 조사를 시작했다. 조사는 마동석 경사가 맡았다.

"이름?"

"이승빈입니다."

"나이?"

"32살입니다."

"직업?"

"무직입니다."

"왜 이런 짓을 한 거야?"

"집에 있으니까 놀 친구도 없고 돈도 없고 심심했는데 마침 선반 위에 카메라가 보이는 거예요. 그래서 재미로 시작했는데 이렇게 커질 줄은 몰랐습니다. 진짜 한 번만 용서해 주세요."

"용서고 뭐고 다 필요 없고……. 사건 넘길 거니까 알아서하쇼."

"한 번만, 한 번만 용서해 주세요."

하는 일도 없이 저런 짓이나 하고 다니다니 정말 한심하다.

조사가 끝난 뒤에도 완재와 나는 지하철 순찰을 돌았다. 또 다른 범죄는 계속 일어나고 있을 거였다.

"아이고, 힘들다. 완재야, 조금만 쉬자 나 저기 편의점 가서 물 좀 사올게."

"그래, 알겠다. 나는 이온음료."

편의점 근처에 다 와갈 때 쯤 편의점 옆 화장실로 학생 열댓 명이 들어갔다. 뭔 일이 있나 싶어서 따라 들어가보니까 역시 담배를 피우고 있었다. 나는 이런 불량 학생들이 너무나도 싫다. 17살, 고 1 때 학교에서 소위 말하는 '일진' 녀석들이 까불고 다니는 것을 보면 너무 한심했고 싫었다. 그냥 뭐 삥 뜯고 담배 피고 이 정도까지는 눈꼴사나워도 참을 수 있었다. 그런데 개네들이 싫어진 결정적인 이유는 다른 학교 여학생을 강간하고 임신 시켰다는, 일진무리의 대장 강석태가 자신이 무엇을 잘못했는지도 모르고 아무렇지도 않게 자랑하듯 떠벌릴 때였다. 화가 난 나는 참지 못하고 크게 소리쳤다.

"강석태, 이 나쁜 새끼야, 니가 인간이냐? 나중에 내가 경찰되서 니 같은 놈들 다 감방에 넣을 거야. 알겠냐?"

나는 강석태의 뺨을 때렸다. 화가 난 강석태는 나를 계속 때렸고 나는 기절을 하기 직전까지 갔다. 그때 완재가 끼어들어서 강석태를 때려눕혔고 나는 양호실에 가서 치료를 받았다. 다음 날 아침 나, 강석태, 완재한테는 학주의 구타와 교내봉사 일주일이라는 벌이 주어졌다. 이런 억울한 세상에 왜 살아야 되는지도 모르겠고 강석태가 성폭력을 했다는 사실을 선생님들은 아무도 믿지를 않았었다. 왜 그랬는지 경찰이 돼서야 깨달았다. 강석태의 아버지는 경찰 고위간부였고 이 일을 덮기 위해서 수단과 방법을 가리지 않았다고 한다. 하지만 지금은 수많은 부정부패로 인해서 퇴직을 당했다. 하여튼 이러한 일들로 인해서 나는 담배 피는 학생들만 보면 그냥 넘어가지를 못한다.

"어이, 거기 학생들아. 학생이 담배 피면 안 되지. 그것도 공공장소에서……. 빨리 안 끄나?"

학생들은 담배를 끄고 나를 한 번씩 노려보고는 줄줄이 나갔다. 저런 놈들은 매가 약이지만, 예전처럼 참고 또 참았다. 편의점에 가서 물과 이온음료를 사고 완재한테 뛰어가 보니까 완재는 의자에서 꾸벅꾸벅 졸고 있었다. 이런 완재를 보니 이 직업에 회의감이 든다. 너무 힘들고 고달프다. 집에도 일찍 못 들어가고 월급도 적고……. 하지만 어렸을 때부터의 꿈이었고 월급 바라보고 경찰이 된 것이 아니라 정의감 하나로 경찰이 된 것이기에 죽을 때까지 이 경찰이라는 직업을 놓지 않을 것이고 국민들을 범죄로부터 지켜낼 것이다. 범인을 검거하고 사건이 해결되면 그 뿌듯함과 보람은 이루 말로 다 설명할 수 없다. 그래서 이 직업을 놓지 못하는 것 같다. 완재도 나와 똑같은 생각을 가지고 있을 것이다.

"어여, 완재야 일어나라."

"어어, 가자."

순찰을 돌면서 수많은 범죄를 보았다. 소매치기, 폭력, 성폭력, 도찰 등 오늘 총 12명의 범죄자들을 검거하다 보니 벌써 시간은 밤 10시가 되었다. 밤 10시가 되면 경찰실습생 3명이 지하철로 온다. 오늘은 완재가 실습생들에게 9시 30분까지 오라고 했는데 30분이나 늦어서 단단히 화가 났다.

"니들 시간 약속도 못 지키면서 경찰은 어떻게 하려고? 제발 성실하게 좀 하자. 아무리 실습생이라도 이렇게 불성실한 게 말이 되냐? 응? 제발 좀 그러지 말아라, 알겠냐?"

"네, 죄송합니다!"

"실습생1, 니는 저기 입구 쪽 순찰 돌고! 실습생2, 니는 저기 술 취한 여성분 좀 도와드리고! 실습생3, 니는 저기 저 마스크 쓰고 있는 남자 유심히 지켜봐봐. 자, 다들 고생 하자."

마스크 쓴 남자를 지켜보라는 데는 이유가 있었다.

6개월 전, 8살 장민영이라는 초등학생이 성폭력을 당한 후 그 충격으로 정신과 치료를 받고 있고 두려움과 무서움 때문에 학교도 석 달째 나가지 못 하고 있다. 나영이 사건 이후 두 번째 어린 나이의 여학생의 성폭력 사건이라서 충격을 받았고 대한민국 경찰로서 화가 치밀어 올랐다. 나는 개인적으로 민영이를 매일 찾아가서 힘을 주고 또 주었다. 민영이의 부모님은 울면서 나한테 매일매일 이 말을 꼭 하셨다.

"제발, 제발 부탁드릴게요. 그 사람 꼭 잡아서 감옥에서 평생 썩게 해주세요. 제발⋯⋯."

범인은 나영이 사건과 동일인물이라고 추정되는데, 아직도 잡히지 않았고 몽타주 사진만 나온 상태다. 몽타주를 항상 내 바지 주머니 속에 넣어놓고 보면서 얼굴을 외운다.

'저 사람, 누구를 닮은 것 같은데? 설마 아니겠지.'

수상한 남자의 눈은 몽타주의 얼굴의 눈과 상당히 일치했다. 그래서 나와 실습생3은 계속 그 남자의 뒤를 밟았다.

"야, 실습생! 너 이 몽타주 좀 봐봐. 어때? 저 남자하고 비슷하지?"

"어? 저 아저씨 아니에요?"

"그래, 좋았어. 계속 가자."

그 남자는 지하철 근처에 있는 골목으로 들어갔다. 골목은 으쓱하니 공기는 차가웠다. 골목 안에는 허름한 빌라가 있었다.

'고목 빌라'

그 남자는 빌라에 들어갔고 우리는 밖에서 계단의 불빛을 보았다.

'한 개, 두 개, 세 개…… 3층이다.'

"실습생, 너는 밑에 있어. 나 혼자 간다."

"괜찮으시겠어요?"

"쉿, 조용히 있어. 갔다 올게."

3층에 도착해서 일단 301호의 벨을 눌렀는데 어느 아주머니가 나오셨다.

"어떻게 오신 거예요?"

"쉿, 아주머니 실례 좀 하겠습니다. 옆집 남자에 대해서 아시는 거 있으십니까?"

"도대체 누구신데 이러세요?"

"경찰입니다, 경찰 혹시 아시는 거 있으십니까?"

"네, 저 옆집 남자 이사 온 지는 두 달 정도 된 것 같고요. 매일 밤에 나갔다가 들어오고 그러는 거 밖에 저는 잘 모르겠어요. 혹시 이상한 사람인가요?"

"일단은 확실하진 않습니다. 너무 걱정하지 마세요. 혹시 여자 비명소리 같은 건 못 들으셨죠?"

"네."

"예, 협조해 주셔서 감사합니다."

301호를 나와 긴장되는 마음으로 302호의 벨을 눌렀다. 그 남자는 인터폰을 눌렀다.

"누구십니까?"

"강아지를 찾고 있는데요. 잠시만 문 좀 열어주세요."

문이 열렸고 그 순간에 집안을 슬쩍 둘러보니 집은 엉망이었다. 얼굴을 보니 설마 했는데 역시 강석태였다.

"어? 석태야. 오랜만이네. 나 민석이다, 정민석."

"아, 오랜만이다. 근데 강아지는 어쩌다……."

"아, 나 여기 근처 사는데…… 문을 잠깐 열어 났었는데 그 사이에 나간 것 같아. 푸들인데 너무 속상하네. 아, 니 내 경찰된 거 알고 있나?"

"아, 진짜? 축하한다. 서울에서 이렇게 만나네."

"근데 나 요즘에 아동성폭력 일어난 것 때문에 속상해죽겠다. 벌써 두 번째 사건이다. 이 몽타주 좀 봐봐."

순간 강태석의 표정은 굳었고 식은땀을 흘리는 것 같았다. 순간 화장실에서 여자의 비명소리가 희미하게 들렸다.

"잠시만, 민석아 기다려 봐."

"뭘 기다려? 강석태, 너 옛날 버릇 못 고쳤구나? 이 쓰레기 같은 새끼. 너 일로 와."

강석태는 화장실로 달려가 여고생을 흉기로 위협했고 나는 당황하지 않고 완재와 마동석 경사에게 지원을 요청했다.

"너 왜 아직도 이러고 살아? 그렇게 살고 싶니? 무고한 어린 초등학생도 모자라서 이제 여고생까지……. 너는 태생부터 범죄자였구나."

"그래, 나 이렇게 쭉 살아왔어. 우리 집은 망하고 내 인생도 망했는데 뭐 이 여자애 죽이고 나도 같이 죽을 거다."

이때 완재가 들어와서 전기 총을 쐈고, 마동석 경사는 여고생을 데리고 병원으로 향했다.

"석태야, 이제 콩밥 좀 많이 먹자."

이렇게 마지막 13명의 범죄자 강석태를 잡았다.

'이런 세상에서 과연 여성들은 안전하게 살아갈 수 있을까?'

한 달 후 강석태는 무기징역을 받아서 평생 감옥살이를 하게 되었다고 보도되었다. 강석태를 잡았다는 이유로 나는 뉴스에 나가 인터뷰를 하게 되었다. 인터뷰가 끝날 때쯤 마지막으로 말했다.

"저는 죽을 때까지 경찰이고 또 죽어서 하늘나라 가서도 경찰일 것입니다. 그만큼 여러분들의 안전을 힘써 지키겠습니다. 강석태 뿐만이 아닙니다. 수많은 범죄자들이 도처에 있습니다. 국민 여러분들, 조심하시고 또 조심하세요. 저도 열심히 범죄자들을 잡겠습니다."

인터뷰를 끝낸 뒤에 경찰대에 복귀해 보니 이민기 경위는 콧노래를 부르고 있었다.

"우리 민석이 왔네? 인터뷰는 잘했고?"

"네, 잘하고 왔습니다."

"그래, 오늘 다 같이 술이나 한 잔하러 가자고!"

완재도 나에게 축하 인사를 했다.

"민석아, 잘했다. 진짜 잘했다."

"그래, 내가 그 새끼는 꼭 잡는다고 했잖아. 속이 다 시원하네. 그나저나 민영이 부모님은 기분이 좀 나아지셨을려나……."

나는 곧바로 민영이가 있는 병원으로 뛰어갔다. 민영이 부모님은 한결 밝아진 모습으로 나를 반겨주셨다.

"민석씨, 감사합니다. 정말 감사합니다."

"한결 편해 보이셔서 다행입니다. 민영이는 잘 있나요?"

"네, 들어가보세요."

민영이는 TV를 보고 있었고 나를 보자마자 웃음꽃을 활짝 피웠다.

"아저씨, 왜 이렇게 늦게 와요?"

"미안해, 오늘 일이 좀 많았어. 밥은 먹었고? 약은?"

"네, 밥도 약도 다 먹었어요. 아, 맞다! 아저씨 뉴스 봤어요."

"아, 쑥스럽네. 민영아, 아저씨가 잡아서 혼쭐을 내줬으니까 이제 걱정 안해도 돼. 걱정하지 마."

민영이는 닭똥 같은 눈물을 조용히, 그리고 하염없이 흘렸다. 나는 그런 민영이를 꼭 안아주면서 같이 펑펑 울었다.

15년 후.

나는 지금 서울 지하철 경찰대의 경위가 되었고, 완재는 경사가 되었다.

"민석아, 벌써 그 사건 터지고 15년이 지났네. 세월 참 빠르다."

"그러게, 우리 나이도 벌써 마흔이다, 마흔."

나는 평생을 경찰로 좋은 일과 나쁜 일들을 많이 겪었다. 좋은 일 중 하나는 민영이가 벌써 결혼을 한다고 청첩장을 보내온 것이고 나쁜 일은 완재와 나 둘 다 아직 결혼을 하지 못했다는 것 이다.

"완재야, 그냥 평생 경찰이나 하자. 뭐 언젠가는 짝을 만나겠지."

"그래, 그러자."

완재와 나는 민영이의 결혼식장에 도착했다. 예쁘게 화장한 민영이는 우리를 보고 환한 미소를 지었고 우리도 그런 민영이를 보니 아빠 미소가 절로 나왔다.

"사진 찍겠습니다. 하나, 둘, 셋."

나는 이 세상에 한줄기 빛을 비춰줄 수 있는 그런 경찰로 남고 싶다.

'나는 대한민국의 자랑스러운 경찰이다.'

고1, 고2 벌써 그린비 부원으로 활동한 지 2년이 다 되어간다. 내가 고1 때 그린비의 테마는 '꿈을 노래하다'이었는데, 이번 테마는 '봄을 꿈꾸다'로, 우리나라의 사회문제를 가지고 수필과 소설을 쓰는 것이다. 올해는 어떻게 쓸까? 수많은 사회문제 중에 무슨 문제를 주제로 정할까? 앞이 너무 막막해서 '그린비를 그만둬야 되나?'라는 생각까지 했을 정도로 올해는 글 쓰는 게 너무 힘들었다. 고민 끝에 나온 주제는 '성폭력'이었는데, '성폭력'이라는 주제 자체가 민감하고 글감도 별로 없어서 쓰기가 매우 힘들었다. 수필은 소설에 비해서 비교적 쉬웠지만 소설은 쓰기가 너무 어려워서 성폭력에 관한 자료를 찾다가 공지영 작가님의 '도가니'라는, 실화를 바탕으로 한 소설책을 읽었는데 정말 마음에 와 닿았고, 나도 이렇게 쓸 수 있겠다는 용기를 얻어서 관련된 많은 자료를 조사하고 공책에 성폭력에 관한 내 생각들을 전부 다 적어 보았다. 그중에서 경찰이라는 이 한 단어가 내 눈에 딱 띄었다. '경찰을 가지고는 어떻게 쓸까?' 고민하다가 지하철을 생각해냈다. 지하철에는 성범죄가 많이 일어난다고 생각해서 서울 지하철 경찰을 주인공으로 정했고, 지하철 안에서 일어나는 성범죄를 가지고 소설을 썼다. 어떻게 하다보니까 나의 두 번째 소설 작품이자 마지막 소설 작품 '빛'이 탄생했고, 나는 지금 이 순간에도 내 자신이 정말 자랑스럽다. 고작 10쪽의 작품이지만 나는 글 쓰는 데 최선을 다했고 내 글에 자부심을 느끼기 때문에 결코 부끄럽지 않다.

그린비의 많은 친구들, 후배님 3명, 이은희 선생님, 그 외 도와주신 국어과 선생님들께 정말 감사드리고 또 감사드린다. 아무것도 모르고 들어온 동아리 그린비에 참 잘 들어왔다는 생각을 새삼 한다. 내가 졸업을 해서 이 학교를 떠나도, 나이가 많아 늙어도 그린비 동아리 부원으로써 활동했던 모든 일들은 잊지 못할 것 같다.

그런비, 봄을 꿈꾸다

평화를 갈망하다

전민수

●통일을 위한 발걸음●
●이상향●

통일을 위한 발걸음
| 평화를 갈망하다

　우리가 하루하루 살아가는 현실은 셀 수 없이 많은 문제들을 갖고 있다. 시대에 따라 문제의 종류나 강도의 차이는 있겠지만 말이다. 사회가 발전함에 따라 더 심각해지는 환경문제, 경제적 양극화 문제. 교육 문제, 고령화 문제 등 항상 우리들에게 풀 수 없는 어려운 숙제를 던져 주는 문제 중에서 우리 민족만이 갖고 있는 남북분단 문제가 그 어느 문제보다도 절실하게 와 닿는다.

　대부분의 사람들이 알다시피 우리가 남과 북으로 나뉘어져 있는 것은 경제력, 군사력과 같은 중요한 부분에서 막대한 손실을 가져오고 있다.

　통일이 되었다고 생각해 보라. 먼저 한민족이 통일을 했다는 것 자체에 의의가 있다. 그리고 지금의 불안정한 정전상태가 평화체제로 바뀌게 되면 따로 전해오던 우리 고유의 문화가 활발하게 교류되어 문화가 한층 더 융성할 것이다. 안보 불안이 크게 해소되어 의무복무제도가 불필요하게 되면서 인적 자원들을 효율적으로 이용할 수 있을 것이다.

　그 다음으로 한국의 내수시장이 커져 현재 남한의 폭등일로인 물가도 안정이 되고 외부에서 수입하던 자원 일부를 북한에서 자체적으로 조달이 가능할 것이다.

　그리고 북쪽으로 향하는 육로가 뚫리게 되어 새로운 무역로가 생기게 될 것이다. 특히 시베리아 횡단철도와 중국 횡단철도가 이어져 동남아시아와 유럽 쪽으로 이어지는 빠르고 싼 무역로가 생기게 되는 것이다.

또 봉쇄되었던 북한이 개방되면서 여러 명산과 유적들이 관광 사업으로 크게 쓰일 것이며, 분단 상황이 가져다 준 안전에 대한 불안감이 다 사라지게 되면 세계인들도 안심하고 찾아와 관광 산업도 발전할 것이다.

또 국가의 인지도도 높아질 것이다. 그동안 북한은 핵무기 개발과 같은 불미스러운 이슈를 일으켜 세계인들에게 불명예스럽게 유명한 나라이다. 그런데 세계 유일의 분단국가로 알려진 남과 북이 통일을 하게 되면 세계적인 이슈가 될 것이고, 국가가 널리 알려져 홍보에 큰 도움이 될 것이다. 그리고 지금보다 많은 인재들을 배출할 수 있을 것이다. 북한은 그동안 국민들의 개성을 억압하고 많은 제재를 가하던 나라였다. 젊은 인재들이 자신의 꿈을 펼칠 기회가 거의 없을 뿐 아니라 있었다 하더라도 현실적으로 지원이나 교육의 한계로 꿈을 포기하기도 했을 것이다. 통일이 되어 그들이 자유롭게 꿈을 펼칠 수 있도록 많은 지원을 해준다면 틀림없이 세계적인 인재들이 많이 배출될 것이라 생각한다.

이렇게 통일이 되면 긍정적인 효과를 가져 오게 되어 우리나라의 위상이 높아지고 경제적, 문화적으로도 다양하게 발전할 가능성이 높다.

그러나 통일이 됐을 때 오는 여파도 만만치 않다.

첫째, 우리 남한이 북한에 비해 아주 많은 경제적 부담을 지게 될 것이다.

현재 상황을 보면 북한의 경제력이 너무 약해 우리가 흡수 통일을 해야 하는 상황이다. 즉 우리 남한의 돈으로 북한을 먹여 살려야 된다는 말이다. 이렇게 되면 엄청나게 많은 돈이 들어가게 되어 다른 나라와의 기술 경쟁과 같은 부분에서 밀려 날 수가 있다.

이 때문에 통일 전후로 이러한 사회비용에 대한 국민적 합의에 이르기까지 많은 반대도 있을 것이다.

둘째, 문화의 차이가 너무 심하다.

남북이 서로 분단이 된 지 70년이 다 되가는 상황이지만 이때까지 그렇다할 교류도 없었고, 북한은 정부의 세뇌로 인해 자신들의 생활이 나쁘지 않다고 생각할 수도 있다.

그런데 남한으로 건너와 문명화된 사회를 보면서 큰 쇼크를 받을 수도 있다.

셋째, 보이지 않는 차별이 생길 것이다.

북한이 우리에게 저지른 일이 많기 때문에 우리나라는 북한에게 대부분 좋지 않은 감정을 가지고 있는데, 만일 통일이 되어 북한의 학생과 남한의 학생이 같은 학교에 다닌다고 하면 북한에서 왔다는 이유만으로 차별하고 괴롭힐 가능성이 있다. 또 학교뿐만 아니라 모든 곳에서 이러한 차별이 생길 수 있다.

마지막으로는 외교적 마찰이 심해질 수 있다.

통일 후에는 중국이나 러시아와 같은 강대국과의 직접 대륙이 이어진다. 중국의 간도 문제와 같은 외교적 마찰이 있을 수도 있고 우리 한반도의 행방, 주도권과 영향력을 두고 상호 견제와 알력, 부침이 심해질 수 있다.

이와 같이 남북통일은 많은 장단점이 존재한다. 단점만 생각하면 통일을 할 때 너무 많은 투자와 지원이 필요해 통일이 필요 없다고 말하는 사람들도 많이 있다. 그러나 나는 통일이 되는 것이 당연하다고 생각한다. 아무리 많은 투자가 필요하더라도 우리는 예부터 한민족이었기 때문에 남북이 하나의 국가로 통일이 되는 것은 당연한 것이다. 그리고 우리 민족 전체의 발전과 국가의 번영을 위해서 통일은 밑바탕으로 깔려 있어야 되기 때문이다. 또 세계적으로 위협이 되는 북한과 통일을 하면서 우리나라의 냉전체제가 완전히 청산되고 나아가서는 세계의 평화에 크게 기여가 된다.

이러한 점을 본다면 우리는 통일을 위해 힘써야 되지 않을까?

이상향 | 평화를 갈망하다

"27번부터 30번까지 들어오세요."

면접관이 말한다. 나는 떨리는 마음과 함께 약간의 기대를 가지고 면접장으로 들어간다.

"전부 각자 번호가 적힌 자리에 앉으시면 됩니다."

"네."

4명의 목소리가 겹친다. 나는 약간의 심호흡으로 마음을 가라앉힌 후 자리에 앉는다.

"28번 황정민 씨, 음 착실하게 사신 것 같군요. 학교 다니실 때도 학력이 우수하고. 이야, 토익도 950대? 이거 완전 우리가 찾던 인재인데요?"

"너무 과분한 말씀입니다. 제가 사실은 말이죠……."

내 옆에 있는 28번 면접자와 면접관의 분위기가 상당히 좋아 보인다. 나도 저런 분위기를 내기 위해 나에게 올 질문들을 머릿속으로 생각했다.

"…… 27번 김성진 씨."

"……."

"27번 김성진 씨!"

"아! 네."

나는 급히 대답을 한다. 생각이 많아서 나를 부르는 것을 듣지 못했다. 면접관들의 눈이 싸늘해지는 것이 느껴진다.

"흠…… 북한쪽에서 사셨습니까?"

면접관들과 면접자들의 눈이 나에게 집중된다. 하지만 이미 예상했던 일이다.

"네, 통일 전에는 북한에서 살았습니다. 제가 북한에 있을 적에는 하고 싶은 것이 너무 많았지만, 통제와 압력에 의해 꿈을 숨기고 고통 받으며 살았습니다. 통일이 된 후 제 꿈을 이룰 수 있는 회사를 찾다 이 회사를 발견했습니다. 정말 저와 잘 맞겠다는 생각이 들었습니다. 만약 저를 뽑아 주신다면 앞으로 이 회사를……."

"저기 김성진 씨."

"네?"

"죄송하지만 저희들은 김성진 씨의 인생사를 듣기 위해 면접을 보는 것이 아닙니다. 저희의 목적은 유능한 인재들을 뽑아 회사의 위상을 높이어 가는 것이 목적이라 이 말입니다."

"네……."

"물론 김성진 씨의 찡한 인생 스토리는 정말 안 됐다고 생각해요. 그러나 아무리 그런 이유라도 실력이 있는 사람들을 뽑아야 회사의 이득이 되지 않겠습니까? 김성진 씨의 프로필을 보면 대학은 물론이거니와 기초 교육도 제대로 받지 않으셨네요. 아무리 특별법 덕에 지원은 할 수 있다고 해도 이건 너무한 것 아닙니까?"

주위에 있던 사람들이 날리는 조소어린 표정으로 인해 얼굴이 붉어진다.

"……."

"일단 알겠습니다. 여기에 계신 분들에게는 합격, 불합격 통지를 이메일로 보내 드리겠습니다. 모두 수고하셨습니다. 이제 나가 보셔도 좋습니다."

면접이 끝난 뒤, 나는 붉어진 얼굴을 숙이고 회사 밖으로 뛰쳐나왔다.

"제기랄! 통일이 되고 삶이 편해져? 겉으로는 그렇게 보이겠지! 속을 보면 북한이 했던 짓과 다를 바가 없잖아!"

나는 쏟아지는 울분을 마음속으로 아우성치며 집으로 향했다.

4평 남짓한 조그만 방, 현재 내가 살고 있는 거주지다. 우리 북한 동포들은 눈에 보이지는 않지만 엄연히 존재하고 있는 차별이라는 벽 때문에 제대로 된 직장을 구할 수가 없다. 형편이 이러니 이렇게 좁고 싼 방에서 지낸다. 나는 피곤이 몰려와 씻지도 않은 채 잠이 들었다.

'따르릉 따르릉—.'

"음…… 여보세요……."

"어이, 성진이 뭐하냐."

"뭐고…… 진철이가? 그냥 누워 있다."

"목소리 들으니 뭔 일인지 알겠다. 니 면접 또 떨어졌나보네."

"말도 마라. 그 간나새끼들. 이젠 화낼 마음도 없다."

"그래? 나도 사실 회사 잘렸다."

"너는 왜? 너는 학벌도 괜찮잖아."

"나도 모르겠다. 니 지금 포장마차로 올 수 있나? 술 한 잔 하고 싶다."

"알겠다. 금방 갈게."

11시가 넘은 밤, 아직도 거리는 인파들로 가득하다. 나는 강에서 조금 떨어진 포장마차 안으로 들어갔다.

"진철아!"

"오, 성진이 왔나? 앉아라."

자정을 지나 새벽 1시를 넘어 가고 있다. 벌써 소주 3병째다.

"이 정부 간나새끼들은 다 죽여야 된다! 안 그렇나? 김성진!"

"야. 그만하면 됐다. 많이 마셨으니까 이제 가자."

"뭘 가! 여러분들! 안 그렇습니까?"

진철이는 예전부터 사회에 불만이 많았는지 포장마차에 있는 모두에게 큰 소리로 말하고 있었다. 몇몇은 동의를 하는 눈치였지만 또 몇몇은 안 좋은 눈초리로 우리를 주시하고 있었다. 그 중에 우리를 좋지 않게 바라보던 한 중년 아저씨가 소리쳤다.

"이 빨갱이노무 새끼들이 어디서 큰 소리야! 기껏 우리가 통일시켜줬더니 일은 안 하고 선동질이나 하고 다녀? 니들이 사람이냐?"

"지금 뭐라고 했소?"

"빨갱이라고 했다. 이 막돼먹은 새끼들아! 왜? 때리게? 그래. 어디 한번 쳐봐라. 니들은 전부 감옥행이야!"

"이 아재비가!"

"야야, 진철아. 그만해! 나가자, 빨리. 소란 피워서 죄송합니다. 돈은 올려두고 갈게요."

진철이를 끌고 포장마차에서 멀리 떨어진 곳까지 왔다.

"이 새끼야! 왜 말리는 건데!"

"야, 최진철! 때린다고 문제가 해결될 것 같아? 지금 사회에서 우리를 보는 시선이 얼마나 안 좋은지 잘 알잖아! 이런다고 우리에게 득이 될 건 없어. 우리는 예전부터 그랬듯이 참고 견뎌야 해. 그래도 예전보다 우리를 향해 손을 뻗는 사람들이 점점 더 늘고 있어. 조금만 더 시간이 지나면 우리도 차별받는 사회에서 벗어나 자유를 만끽하며 살날이 분명히 올 거야."

"……"

"오늘은 여기까지 하자. 취했으니까 데려다줄게."

"됐어. 술 다 깼다. 너도 빨리 들어가라. 몸조심하고. 난 간다."

뒤돌아 손을 흔드는 진철이. 그가 시야에서 없어지는 것을 본 후 나도 집으로 갔다.

집에 돌아와 샤워를 한 후 이불을 깔고 드러누웠지만 쉽게 잠이 올 것 같지 않다. 몸은 피곤했지만 머리는 점점 맑아지는 느낌이다.

'우리는 차별 없는 세상에서 살 수 있을까? 사람들은 왜 우리에게 잘못이 없다는 것을 몰라주는 거지?'

머릿속은 나와 같은 처지의 사람들에 대한 생각이 꼬리에 꼬리를 물었다.

너와 내가 우리가 되는 세상, 좌절의 시간이 지나 밝은 내일이 오기를 기원하며 나는 잠을 청해 본다.

　그린비, 내가 2학년이 되고 선택한 동아리다. 내 취미 중 하나는 독서하기인데 가끔 책을 읽다 보면 내 생각처럼 이야기가 전개되지 않을 때 내가 작가가 되어 이야기를 다시 전개하고 싶은 욕구가 종종 생긴다.

　그린비라는 동아리는 소설, 수필, 시와 같은 작품들을 쓰고 자신이 쓴 글을 책으로 만드는 동아리다. 예전부터 살면서 책을 한권 이상 써보는 것이 목표이기도 했고 나의 욕구도 충족시킬 수 있을 것 같아 이 동아리를 선택하게 되었다.

　동아리 활동을 하면서 내가 처음으로 느낀 점은 책을 쓰는 것은 무척이나 까다롭고 애를 먹는다는 것이다. 나 혼자가 책을 한권 쓰는 것이 아니라 우리 모두의 글을 모아서 책을 내는 것임에도 불구하고 그 몇 장 안에 들어갈 글을 쓰기 위해서 정말 애를 많이 먹었다. 주제에 맞게 글을 쓰지 않아 거의 완성된 글을 지우기도 했고 글을 완성하기 위해 밤잠을 설치고 타이핑을 하던 기억들이 아직도 새록새록 하다. 동아리 활동을 이렇게 열정적으로, 제대로 해 본 적이 없었기 때문에 힘들지만 뿌듯함을 느끼기도 했다. 그리고 이러한 만족뿐만이 아니라 여러 지식들도 얻게 되었다.

　우리가 이번에 선택한 주제는 '사회문제' 이다. 나는 그중에서도 남북문제를 선택했다. 이 문제로 소설과 수필을 쓰려다보니 남북에 관한 여러 지식들이 필요했고, 컴퓨터, 휴대폰, 책을 통해 정보를 수집하다 보니 내가 모르는 정보를 알 수 있게 되었고 잘못 알고 있던 정보를 수정할 수 있었다.

　내가 이 '그린비'라는 동아리에서 활동을 하며 경험했던 일들은 학교를 졸업하고 사회에 나가서도 큰 도움이 될 것이라는 확신이 든다. 누군가가 "넌 고등학교 때 무슨 동아리였니?"라고 말하면 나는 "그린비라고 전국에서 알아주는 글쓰기 동아리였다."라고 당당하게 말할 수 있을 것이다.

이상 저의 부족한 글을 읽어주신 독자분들께 감사드립니다.

그린비, 봄을 꿈꾸다

자석

이재윤

남한과 북한의
서로 다른 사회
저 너머

남|자석 한과 북한의 서로 다른 사회

　우리 한반도는 남과 북으로 분리된 후, 서로 다른 정치 체제 속에서 살아왔다. 남한은 '민주주의'라는 제도를 도입해 국가의 주권이 국민에게 있게 하고, 그러한 국민을 위하여 정치가 이루어지도록 하여 국민에게 우선권을 주었다. 한편 북한은 사회학자 '마르크스'가 주장했던 공산주의를 도입해 모든 사람들이 평등하게 일하여 그 수입을 똑같이 나누는 방식을 실시하였다. 그러한 공산주의가 본질과 다르게 왜곡되어 한 사람은 놀고 열심히 일하지 않지만, 또 한 사람은 열심히 일해도 그 수입을 균등하게 나누는 불공평한 제도가 되었다.

　또한, 북한은 시민들의 생존의 기본수단을 장악하여 주민통제에 이용했다. 북한은 또한 인간의 공동생활에서 발생하는 각종 일탈행위 뿐만 아니라 체제적 모순과 경제난에서 오는 사회문제가 더 심각하다. 출신 성분과 계층에 따라 불공평하게 사회적 차별대우를 하고 있다. 의식주 생활을 예로 들어보자면, 북한은 의복 배급은 기본의복에 한하여 배급하고 나머지는 할당표 구매카드에 의해 판매한다. 식량배급은 근로자와 비근로자를 구분하여 배급량의 차이를 줘서 노동기피를 봉쇄하고 있다. 주택배정은 신분에 따라 배점하여 신분 차별적 성향을 띠는 것을 볼 수 있다.

　반면, 남한은 시민들에게 '국민의 권리'를 주었다. 참정권은 국민이 직·

간접으로 국정에 참여할 수 있는 권리로 선거권, 피선거권 및 공무 담임권과 국민 투표권 등을 보장하고 있다. 그리고 자유권은 개인이 그 자유로운 영역에 관하여 국가권력의 간섭 또는 침해를 받지 아니할 권리로 국민에게 자유를 보장하고 있다.

평등권은 모든 사람은 법 앞에 평등하다는 것을 내용으로 하는 권리이다. 누구든지 성별·종교 또는 사회적 신분에 의하여 정치적·경제적·사회적·문화적 생활의 모든 영역에 있어서 차별을 받지 아니한다는 걸 보장하고 있다. 사회권이란 국민이 인간다운 생활을 영위하는데 필요한 조건의 형성을 국가에 요구할 수 있는 권리로 국가로부터 인간다운 생활을 보장받을 수 있는 국민의 기본적 권리이다. 청구권은 타인에 대하여 일정한 행위를 요구할 수 있는 권리이다.

그러나 남한의 민주주의에도 문제점이 있다. 정치란 나라를 다스리는 일이다. 국가의 권력을 획득하고 유지하며 행사하는 활동으로, 국민들이 인간다운 삶을 영위하게 하고 상호 간의 이해를 조정하며, 사회 질서를 바로잡는 따위의 역할을 하는 것이지만 우리나라의 정치는 자기의 의견만을 주장하여 다른 사람의 의견을 듣지 않는다. 갈등을 이해와 합의로 풀어 나가야 하는 정치가 실현되지 않고 있다. 또한, 자유란 일반적으로 내·외부로부터의 구속이나 지배를 받지 않고 존재하는 그대로의 상태와 스스로 하고자 하는 것을 할 수 있는 것인데 그것을 잘못 남용하여 거짓된 정보를 진짜인 양 호도하여 사회적 혼란을 야기한다. 예를 들면 SNS(Social Network Service)라는 사용자 간의 자유로운 의사 소통과 정보 공유, 그리고 인맥 확대 등을 통해 사회적 관계를 생성하고 강화시켜주는 온라인 플랫폼을 잘못 남용하여 다른 사람들이 그 글을 보고 분규를 일으키게 한다. 공동체란 사람들이 모여 하나의 유기체적 조직을 이루고 목표나 삶을 공유하면서 공존할 때 그 조직을 일컫는다. 단순한 결속보다는 더 질적으로 강하고 깊은 관계를 형성하는 조직이지만, 지금의 우리나라는 혜택을 많이 받는 자들은 세금을 자기 배만 채우기에 바쁘다. 예를 들면 선진국을 예로 들 수 있다. '노블레스 오블리주'는 프랑스어로 '귀족성은 의무를 갖는다'를 의미하는데, 보통 부와 권력, 명성은 사회에 대한 책임과 함께 해야 한다는 선진국들의 생각을 우리나라도 받아들여 혜택을 많이 누리는 사람들이 혜택을 많이 못 누리는 사람들보다 더 많은 세금이나 기부를 통해 서로 공존하면서 사는 것이 중요하다.

북한과 같이 남한의 민주주의도 개선할 점이 많지만, 나는 남한의 사회가 더 낫다고 생각한다. 왜냐하면 남한은 북한과 달리 기본적인 인간의 인권은 보장되어 있기에 자신이 원하는 것을 성취할 수 있고, 자신이 원하는 곳에 갈 수 있는 자유가 있기 때문이다.

저 너머

part 1

"야, 빨리 움직여! 오늘 7시에 남북 한마음공연 있단 말이야."

나는 이번 공연의 팀장을 맡고 있다. 매년 7월 7일에 정기적으로 갖는 이 공연의 대표인 나라는 사람은 막중한 책임을 지고 있다. 원래 KBS PD로 활동했는데 카메라 감독과 남북통일협의회 회장님의 부탁으로 인해 북한 공연의 팀장을 맡게 되었다. 사실 보수는 두둑하지만, 처음 맡아보는 일이기에 회장님의 기대가 부담되고 힘이 든다.

"어이, 김PD. 이번에 북한 동무들이랑 작품을 한다는 게 사실이었네. 일은 잘 되어가나?"

"휴, 일이 생각보다 너무 힘들다."

"오늘 공연 마치면 내가 술 살게. 마치고 전화해."

"웬일이고? 알겠다. 좀 이따가 보자."

나는 모든 것을 잊고 오로지 이번 공연만 무사히 끝내기로 결심했다.

"북한 공연단이 지금 막 주차장에 도착했습니다."

'어우, 맙소사! 드디어 왔구나.'

나는 북한 공연단이 기다린다는 소식에 재빨리 뛰어갔다. 주차장에 들어선 순간 단원 중에 눈이 크고 귀여운 한 여자가 눈에 들어왔다. 그녀는 맑고 착한 성품을 가진 듯했다.

"안녕하세요? 저는 이번 공연에 새롭게 팀장을 맡게 된 김시후라고 합니다. 여러분은 1층 대기실에서 기다려 주세요. 30분 뒤에 리허설 들어갈게요."

단원들은 리허설이라는 단어를 못 알아듣는 것 같았다. 다시 설명해 주면서 리허설과 공연 시의 규칙과 조심해야 할 점 등에 대해 이야기하자 모두들 잘 경청해 주었다.

공연을 무사히 마치고 북한 공연단과 함께 리셉션을 갖게 되었다.

"오늘 수고하셨습니다."

"아닙니다, 동무. 이번 공연에서는 남북이 함께 부른 아리랑이 제일 좋았죠?"

"이게 다 북한 단원들 덕입니다. 이런 좋은 무대를 함께 해주신 게 감사할 따름이죠."

북한 공연단장과의 대화가 끝나갈 때쯤 그 아리따운 여자가 내 앞을 지나가고 있었다. 나는 그녀에게 조심스럽게 말을 걸었다.

"안녕하세요? 저기…… 오늘 공연 수고하셨습니다."

수줍은 마음에 덜덜 떨며 말을 건네는 내 모습이 귀여웠는지 그 여자는 반갑게 웃으며 대답했다.

"네, 오늘 정말 좋은 시간이었어요."

나는 그녀의 뒷모습이 완전히 사라질 때까지 지켜본 후 집에 돌아왔다.

그날 밤, 집에 돌아와서도 그녀 생각에 잠을 이루지 못하였다. 고등학교 시절 이후 이런 감정은 처음이었다. 처음 이 공연을 맡았을 때 솔직히 적극적으로 하고 싶은 마음이 없었다. 하지만 그녀를 만나고 난 지금은 벌써 다음 공연이 기다려진다.

"김PD, 이번 공연 북한 공연단장님께서 마음에 들었다고 하셨네. 수고했어."

"감사합니다, 회장님."

"북한 공연단과 공연이 끝난 후에 다과회 시간을 가지는 건 어떤가?"

문득 그녀를 좀 더 오래 볼 수도 있을 거라는 생각이 들었다.

"다과회를 가지면 남북공연단 모두가 더욱 가까워질 수 있는 계기가 될 것 같아 좋습니다."

"역시 김PD, 내 마음을 정확히 안다니깐. 그래, 북한 단원들과 공연 뒤에 다과회 시간을 가지도록 하지."

"네, 맡겨만 주십시오. 열심히 하겠습니다."

설레는 마음으로 다음 공연을 준비하니 시간이 순식간에 지나간 듯했다. 공연 날짜가 코앞에 다가와 있었다.

"김PD님, 이번에 북한 공연단에서 박소진 단원이 솔로를 맡는답니다."

'박소진? 박소진이라면 그때 그 아가씨?'

"알겠네, 준비하도록 하지."

나는 솔로의 프로필 작성을 구실로 삼아 그녀를 불러냈다. 이런 저런 이야기를 나눠보니 의외로 그녀와 서로 공감하는 부분이 많았다. 대화를 통해 그녀의 마음도 점점 열리는 듯했다. 미흡하지만 많은 노력과 연습을 통해 드디어 공연이 시작되었다. 오늘의 하이라이트였던 그녀의 솔로무대가 빛을 발해서인지 생각보다 많은 박수가 쏟아졌다.

"여러분, 마지막까지 공연에 최선을 다해 주셔서 정말 감사합니다. 잠시 후, 다과회가 시작될 예정이니 많은 참석 부탁드립니다."

다과회가 시작되자마자 박소진 씨를 찾아 옆자리에 앉았다.

"안녕하세요? 저, 저는 김시후라고 합니다. 오늘 공연 때 정말 아름다우시던데요."

내 말에 그녀는 부끄러운 듯 고개를 숙이며 고맙다고 하였다.

"언제 다시 돌아가셔야 하죠?"

"오늘은 여기서 자고 내일 7시에 북한으로 돌아가요."

"다음에 남한에 오게 되면 여기로 연락주세요."

Part 2

'뭐야? 내가 생각했던 남한 사람들이랑 다른데?'

나는 김시후 씨와 헤어지고 나서 가슴이 두근거리고 이상한 생각이 들었다. 내 머릿속에는 많은 생각이 겹쳐 복잡하고 이상했다.

"김PD라는 사람……. 우리가 듣던 남한 사람들과 다르게 친절하던데?"

단원들과 수다를 떨다보니 시간이 훌쩍 지나가서 북한에 도착하였다. 집에 도착하니, 나를 찾는 방송이 큰소리로 울렸다. 우리 단원 중에 나를 시기하던 단원이 내가 남한 남자와 만나고 그에게 느낀 좋은 감정을 단원들에게 말해 다른 단원들을 혼란스럽게 했다는 이유로 나를 신고한 것이었다.

"박소진 씨, 다른 단원들에게 분위기를 흐릴 만한 행동을 했기에 단원 자격을 박탈하겠습니다."

나는 일자리를 잃었다는 사실보다 김시후 씨를 이제 영영 못 본다는 생각에 큰 충격을 받았다.

하루하루를 마치 어항 속 물고기처럼 그저 의미 없이 맴돌 뿐이었다. 이대로는 도저히 여기에서 살 수 없겠다는 생각까지 하게 되었다. 차라리 탈북하여 남한으로 가서 김시후 씨를 만나리라.

"엄마, 저 이제 영영 못 볼 수도 있어요."

"왜? 어디 가니?"

"저 탈북하려고요."

"뭐라고? 목숨이 달린 일이야. 소진아, 다시 생각해 보렴."

"전 이미 결심했어요."

나는 엄마의 말을 듣지 않고 강을 따라 남쪽을 향해 뛰어갔다. 3일을 걷고 뛰어서 겨우 남한 GOP에 도착하였다.

"거기 누구야, 손들어!"

"살려주세요, 도망쳐서 여기까지 온 거예요."

병사들은 나의 지문과 정보를 검색하였다. 나는 그들에게 내가 왜 북한을 도망쳐 나와야 했는지를 설명했다.

"전화 한 통만 쓰게 해주실 수 있나요?"

어렵게 허락을 얻은 나는 설레는 마음으로 그에게 전화를 걸었다.

"띠리링- 띠리링-."

2학년 때 나는 그린비 동아리에 처음 들어갔다. 어렸을 때부터 글을 읽기만 하고 써보지는 못했기에 그린비 동아리 활동이 새롭기도 했지만 어떻게 써나가야 할지 막막했다.

1학년 때부터 꾸준히 활동을 해온 부원들에게 많은 조언을 구하였고, 구상하기, 마인드맵 그려보기 등등의 방법들을 배워가며 글을 썼다. 또 글감을 찾기 위해 주제에 맞게 자료 조사도 해보고 돌려 읽어가며 내 글의 방향을 모색해 보기도 했다.

사회문제를 나의 이야기로 풀어 쓴다는 것이 처음엔 힘들었지만 지금 생각하면 글을 썼다는 것 자체가 뿌듯하다. 사실 글이 제 때에 안 나와 선생님의 훈계를 듣긴 했지만, 그러한 선생님이 계셨기에 이렇게라도 나만의 글이 나온 것 같다.

'살면서 언제 또 글을 써보나. 지금 기회가 주어졌을 때 써야지!' 라는 생각에 그래도 재미있게 글을 쓴 거 같다.

그린비 동아리에서 나의 글쓰기 능력을 재평가하게 되는 계기가 된 것이 제일 뿌듯하고 내 글을 출판할 수 있는 기회를 가져본 것이 가장 잊지 못할 추억인 것 같다.

대[촛불]중의 인식

사회 문제란 사회 제도의 결함이나 모순으로 발생하는 모든 문제를 말한다. 이것은 단순히 개인적인 문제가 아니라 우리가 살아가고 만들어가는 사회가 문제라는 점에 주목해야 된다. 그러면 실업 문제, 교통 문제, 주택 문제, 공해 문제, 청소년 문제 등에 대해 우리가 어떻게 대처해야 할까? 대표적인 문제로 몇 년 전에 일어났던 두 가지 촛불 집회를 예로 들어 보자.

첫 집회 2002년 6월 13일 경기도 양주군 미2사단 소속 장갑차가 여중생 2명을 치어 죽음으로 몰고 간 사건이 있었다. 이 당시는 월드컵이 있어서 바로 잊히는 듯했지만 인터넷으로 인해 이 사건이 공론화되기 시작했다. 그러면서 사람들은 자연스럽게 이 사건을 알게 되었고 여러 가지 문제점들도 인지하게 되었다. 그리고 많은 촛불집회를 가짐으로써 인지도가 더욱 커져 미군에 대한 평가가 다시 이루어졌다. 다시 말하자면 이 촛불집회에서는 사회적 이슈, 사람들의 공감 등으로 인해 상황이 점점 변해갔고 인식도 이끌어 낼 수 있었다.

그러나 두 번째 촛불 집회는 2008년 5월 이명박 정부의 미국산 쇠고기 수입 재개 협상으로 인한 대도시 광장에서의 시위이다. 이때 여러 유명인사나 연예인은 차라리 그 소고기를 먹지 않겠다는 의사를 SNS로 표현하기도 했다. 그리고 유명 TV 프로그램들도 이 문제점을 두고 편향된 방송을 하기에 급급했다. 하지만 6년이 지난 지금 속속히 그때의 문제점이 점차 불거지기 시작했다. 실제로 광우병에 걸린 사람은 10명도 안 되는 데다가 자국도 아닌 타국에서 발병했으며 그때의 긴급한 상황과는 대조적으로 사람들은 아무렇지도 않게 잘만 먹고 있지 않는가?

이 촛불집회들의 공통점을 말한다면 공감대가 잘 형성되었다는 점, 한 번 불타올랐다가 한 번에 꺼지는 듯한 현상이었다는 점 등이다. 차이점으로는 뒤의 예는 앞선 예와는 달리 긍정적인 결과를 낳지도 못했고 사실과는 다르게 편향된 정보로 사람들에게 알려졌고 많은 사람들이 오해를 하게 되었다는 것이다.

왜 이런 차이를 가져왔을까? 두 번째 촛불 집회는 시발점도 알지 못하는 상황에서 사실 여부도 확인되지 않고 쉽게 퍼져 버렸다. 잘못을 알고는 있으나 선입견 때문에 일이 이렇게 되어 버린 것이다.

그렇다면 어떻게 해야 할까? 만약 우리에게 좀 더 객관적인 매체가 있다면 어떨까? 혹은 전하는 사람들이 좀 더 도덕적이었다면 어땠을까?

사람들의 비양심과 이기심 때문에 생겨나는 여러 가지 사회의 문제들. 우리가 좀 더 깨어 생각하고 깊이 통찰해야 할 것 같다.

꿈 | 촛불

언제쯤인지 기억도 안 난다. 몇 백일까지는 세기도 했지만 이제는 그것도 힘들어서 세지 않는다. 사람들의 흔적조차 사라지고, 이제는 자연으로 돌아가고 있는 중인지도 모르겠다. 건물은 초록색을 일으키며 하나 둘씩 사라지고 거리에는 고라니, 멧돼지, 심지어 호랑이들도 보인다. 도로에는 나무들이 뿌리를 내려가고 강은 점점 그 크기를 키우면서 물고기들도 풍성해지고 있다. 사람들은 한순간에 사랑하는 사람을 잃고 문명을 잃어버리면서 여러 국가도 사라져버리고 말았다. 모든 것들이 태초로 돌아간 듯했다.

눈이 부셨다. 하얗게 보이는 순간이었다. 하늘을 날고 있는 듯했다. 그렇게 이리저리 가다보니 문이 나왔다. 문을 열자 다른 세상인 것 같은 공간이 보였다. 무작정 걸었다. 그저 걸어다녔다. 여러 건물이 나왔다. 건물은 초록색 잎으로 덮여 있고 그것을 뿌리가 감싸고 있었다. 도로에는 차들이 널브러져 있고 사람은 흔적조차 보이지 않았다. 갑자기 사람들이 사라진 것처럼 보였다.

"저기요."

사람들의 실루엣이 보였다. 그러자 여러 곳에서 낙엽 밟는 소리가 나고 곧 묵직한 남자소리가 도시의 하늘에 울렸다.

"어디서 왔냐?"

"저기요, 저는 이곳이 어딘지 전혀 모르겠어요. 그저 문을 열고 왔어요."

묵직한 소리가 다시 하늘을 울렸다.

"내가 멈추라고 말할 때까지 앞으로 계속 걸어와라."

그렇게 5분을 걷자 창을 들고 있는 사람들이 보였다. 백인, 흑인, 황인 등 여러 민족의 사람들이 열 명 가량 있었다.

"저기요. 일단 무기는 내려놓고 얘기해요."

그러자 무슨 소리인지 모르겠다는 듯이 창을 들고서는 이상한언어로 계속 말했다. 묵직한 목소리의 남성이 나타나 뭐라고 말을 하자 모두 창을 내려놓기 시작했다.

"우리는 당신을 신용할 수 없습니다. 우리에게 당신이 안전하단 것을 증명하세요. 만약 그러지 못하겠다면 우리는 당신을 죽일 수밖에 없습니다."

그러고는 자켓 주머니에서 권총을 꺼내 들었다.

"저는 방금까지만 해도 다른 세상 같은 곳에 있었습니다. 갑자기 나타난 하얀 공간을 걷자 문이 나오고 그 문을 통과하자 이곳으로 오게 되었습니다. 저는 여러분에게 위협을 가할 수 없는 존재입니다. 그리고 저도 빨리 저의 세상에 가고 싶습니다. 부탁드립니다. 아무런 위해를 가하지 않을 테니 도와주십시오."

그러자 남자가 다가와서는 내 몸을 뒤적였다.

"좋습니다. 그러면 일단 따라 오십시오."

남자를 따라가자 작은 주택가가 나왔다. 일곱 채도 안 되어 보이는 주택가는 여러 개의 화살이 박혀 있었다.

"여기는 지금 전쟁 중입니다. 여기 있는 사람들 모두 당신같이 다른 세상에서 왔다고 주장하고 있어요. 일단 저희에게 협조해 주십시오. 물론 저도 같은 사람입니다. 자세한 내용은 저분이 알려주실 거예요."

그러고는 남자가 홀연히 떠나가고 한 여자가 왔다.

"안녕하세요. 일단 바쁘니까 짧게 요약할게요. 일단 묵을 곳은 저기 빨간

지붕 옆집 보이시죠? 저기에서 묵으면 되구요. 가끔씩 화살 몇 개가 날아올 텐데 어차피 밤이 되면 날씨도 추워질 테니 창문을 막고 주무세요. 오늘은 늦었으니 내일 아침에 자세한 사항을 설명해 줄게요."

이 여자는 빨리도 말했다. 다 알아 듣지도 못했지만 대충은 무슨 뜻인지 알 것 같았다. 집에 들어가자 그냥 평범한 주택처럼 되어 있었다. 그래도 나름 청결은 유지한 듯해서 마음이 놓였다. 날이 저물어 밤하늘을 보니 별이 떠 있었다. 그야말로 다른 세상에 와 있다는 느낌이었다. 그러면서 게슴츠레 생긴 달을 보고 있자니 그래도 지구에 있긴 하다는 생각이 들었다.

'저렇게 달과 똑같이 생기고 똑같은 색을 내는 것은 흔하지 않을 테니까.'

둥둥둥 갑자기 북소리가 들렸다. 그러고는 화살이 날아다니는 소리가 들렸다. 그러자 화살이 '수수수' 하면서 들어왔다. 순간 죽을 수도 있었다는 생각에 심장이 덜컥 내려앉았다. 레버를 당겨서 창문을 닫았더니 나무들이 겹겹이 쳐졌다. 화살은 몇 시간동안 날아왔다. 그렇게 나는 제대로 자지도 못하고 하루를 날려 버렸다.

"여보세요. 죽었어요?"

누군가가 나를 콕콕 찌르는 것 같았다. 언제 잠들었는지도 몰랐다.

"아직 살아 있습니다."

여자는 다행이라는 듯 한숨을 깊게 들이마시고 있었다.

"자, 그러면 빨리 일어나서 준비하시죠. 오늘은 할 게 많답니다."

여자는 빠른 걸음으로 걸어나갔다. 다행히 수도 시설은 되어 있었다. 밖으로 나가자 그 여자가 문 옆에 서 있었다.

"저기요, 우리 이제 어디 가는 거죠?"

"일단 광장으로 가요. 여기 있는 사람에게 당신을 소개해야 되 니까요. 얼마 안 걸려요."

서른 명 남짓의 사람들이 모여 있는 광장으로 갔다. 몇몇 사람들은 경비를 서러 나갔다고 한다.

"안녕하세요? 저는 어제 막 이곳으로 온 남자1입니다. 온 지 얼마 안 돼서 아직 아무것도 잘 모르지만 잘 부탁드립니다."

사람들은 왠지 지쳐 보였다.

어제 처음 만난 남자가 다가와서 물었다.

"어제 화살 쏘는 사람들을 봤나?"

"밤하늘에 저의 고향과 닮은 것이 떠 있길래 그것을 보고 있자니 갑자기 북소리와 함께 화살이 날아왔어요. 사람은 보지 못했습니다. 그들은 누구죠?"

"그자들은 이곳의 원주민 같은 존재일 걸세. 우리가 이곳에 오기도 전에 그 자들은 존재해 있었지. 무언가를 두려워하듯이 이 주택가로는 오지도 못하고 있네. 그래도 만일에 하나 몰라서 우리가 항시 대기하고 있는 걸세. 혹시 더 궁금한 것은 있는가?"

"어젯밤 여기가 제가 살던 세상이 아닐까라는 의문이 들었습니다. 공간은 같은데 시간이 달라서 제가 못 알아차린 게 아닌가하는 생각이 들었습니다."

"혹시 자네가 살던 세상이 지구라는 곳인가? 그렇다면 여기가 맞다네. 이곳에 도착했을 때 지도에서 그렇게 표기하고 있더군. 여기 대부분의 사람이 그곳에서 온 것 같았어. 혹시 모르지. 나도 지구에서 왔는지도. 지구라는 용어가 우리 때 달라졌을 수도 있으니. 허허"

"혹시 이곳을 좀 둘러봐도 괜찮겠습니까? 자세히 알고 싶어서……."

"그러면 동쪽은 가지 말게. 그곳은 밤에 공격한 자들이 사는 곳이니까."

한참을 둘러보다 어느 거리에 도착하자 이상하게 생긴 것들이 마구 달리고 여러 형형색색의 불빛들이 휘날리더니, 갑자기 이상하게 생긴 것들이 점점 멈추더니 불빛조차 점점 사라졌다. 작고 큰 비명으로 세상은 점점 커져가다가 얼마 안 가서 다시 원래의 모습을 되찾는 것이었다.

'당신은 누구세요?'

소리를 쳐도 그는 이곳을 돌아보지 않았다. 그리고는 돌아서서 소리 없이 입 모양으로 '나' '를' '찾' '아' '와' 라고 했다.

얼마를 걸었을까 점점 숲이 사라지고 있었다. 길은 점점 잘 닦인 콘크리트가 나오고 자동차도 하나둘씩 나타나기 시작했다. 왠지 여기서는 영화처럼 무엇인가 튀어나올 것만 같았다. 마치 나 혼자만의 발자국 소리로 도시의 정적을 다 깨우는 것 같았다.

"여기에 아무도 안 계시나요?"

정적을 깨는 내 목소리에 도시가 답을 하듯이 쿵하는 소리가 들렸다.

"누구 있나요?"

다시 한 번 더 쿵하는 소리가 공허한 도시에 울려 퍼졌다.

"있다면 나오세요. 저는 그냥 지나가는 사람입니다. 여기가 어딘지 몰라서 그러는 거예요."

다시 한 번 더 쿵하는 소리가 나더니 거대한 빌딩이 무너지기 시작했다. 굉장한 소음과 함께 커다란 먼지가 휘날리기 시작했다. 내 소리 때문에 이 건물이 무너져 내렸다는 생각이 들 정도로 이상한 타이밍에 무너져 내린 것이다. 설마 나 때문은 아니겠지? 좀 더 들어가자 익숙한 간판이 보인다. 한글로 된 도로지명과 어디선가 많이 본, 남대문 같은 것이 나를 마주보고 있었다. 반가운 생각에 다가가려 하는 순간 내 머리 위로 화살이 지나갔다.

"대장, 이상한 꿈을 꿨어. 길거리에 널브러진 이상한 상자 같은 것들이 날아다니고 형형색색의 불빛들이……. 그리고 어떤 남자가 그 불빛을 끄고 자기를 찾아오래. 그것도 공중에 붕 떠서……."

대장은 미친 놈을 본 것처럼 눈을 깜빡였다.

"왜 그렇게 심각한 표정을 지어?"

갑자기 정신병자 취급을 당한 것 같아서 나름 섭섭했다.

'그래 그런 게 있었으면 하늘을 나는 것도 있고 저 달에 다녀올 수도 있겠

네. 하긴 말도 안 되는 이야기를 하긴 했지. 산책이라도 해야겠다.'

마음을 가다듬고

"대장 산책 좀 하다 올게. 그냥 내가 한 말 잊어버려."

하고는 아무 생각 없이 2시간 동안 걸었다. 그러던 중 갑자기 어디선가 목소리가 들려온다.

'여기에 아무도 안 계시나요?'

나는 위험을 알리는 신호로 건물 기둥을 파괴했다. 만약 그곳 사람들이라면 알아들을 테니깐. 그러자 다시

'누구 있나요?'

라는 목소리가 들렸다. 또 다시 나는 기둥을 하나 무너뜨리자

'있다면 나오세요. 저는 그냥 지나가는 사람입니다. 여기가 어딘지 몰라서 그러는 거예요.'

하는 소리가 났다. 기둥을 또 하나 때리니 건물이 무너져 내리기 시작했다.

'하는 수 없네. 직접 만나야겠네.'

우리는 우리 집단의 사람만 만나야 하는 조건이 있었기에 어쩔 수 없었다. 이쪽으로 올 수 없게 활시위를 당겨야만 했다.

"안녕하세요. 저는 당신을 해치기 위해서 온 게 아닙니다. 다만 여기가 어떤 곳이었는지 알고 싶어서 온 것이니 둘러만 보고 바로 가겠습니다."

여자는 아무런 말도 없이 화살을 쏘았다. 신경이 날카롭게 곤두 서는 느낌이 들었다.

"저기요, 혹시 남대문이라고 아세요? 우리 고향에 있던 것과 닮아서 한 번 보고 싶어서 그런데, 가능할까요? 잠깐이면 됩니다."

여자는 할 수 없다는 듯이 활시위를 놓았다. 나무에는 이끼가 끼었고 기와로 된 지붕에는 알 수 없는 나무들이 서 있었다. 성곽은 하나하나 구멍이 났다. 한 발짝 두 발짝 걸어가자 정신이 아득해지더니 쓰러지고 말았다. 중심도 못 잡고 쓰러졌다.

갑자기 어디선가 많이 들어본 목소리가 들려왔다.

'다시 한 번의 기회를 저버리지 마라. 운명을 바로잡지 못한다면 너는 그 과오를 씻지 못하고 원래의 자리로 돌아가겠지. 명심해라. 니가 서 있는 그곳을 다시 똑같이 만들지 말아라.'

나는 이윽고 정신을 잃었다.

얼마나 지났을까?

다시 원래의 하얗게 물들인 듯한 공간에서 서 있었다. 다리를 하나하나 옮기자 전진하는 것처럼 움직여졌고 또 다시 문이 나왔다. 문을 열어보니 원래의 세계가 보였다. 내 침대, 책상, 의자, 그리고 옷장과 내가 좋아하는 연예인 사진들, 운동선수. 모두 내 방과 똑같이 되어 있었다.

"일어나셨나요? 쓰러져 있기에 일단 옮기긴 했지만, 당신은 누구신가요?"

분명히 예전 내 방인데 왜 아까 봤던 그 여자가 있는지 모르겠다.

"여긴 내 방인데 왜 당신이 있죠?"

여자는 한 숨을 고르더니 입을 다물고 대신 종이에 적기 시작한다.

'그건 내가 먼저 물었는데 제 말에 대답부터 해주시죠.'

남자는 말을 할 수 있음에도 불구하고 적어서 보여주는 그녀 때문에 어안이 벙벙했다.

'저도 잘 몰라요. 다른 세상에서 왔지만 여기는 제가 살던 세상과 같은 곳이기도 한 것 같아요. 시간만 좀 다를 뿐인 것 같다구요.'

그러자 여자가 얼른 적어 내려갔다.

'혹시 그 다른 세상이 저 바깥에 널브러진 기계들이 움직이고 형형색색의 빛들이 있는 곳인가요?'

'네, 맞아요.'

'혹시 나를 찾아오라고 한 사람이 당신인가요?'

'아니에요. 나도 그 말을 듣긴 했는데……'

여자의 얼굴엔 실망하는 빛이 역력했다.

"혹시 당신들이 무엇을 하는 사람인지 알려 줄 수 있습니까?"

여자는 화살을 한 손으로 잡고서는 화가 난 듯이 흥분하며

"진짜 그걸 몰라서 묻는 겁니까?"

남자는 어떨결에 고개만 끄덕였다. 여자는 한숨을 쉬더니

"여기는 오랫동안 전쟁이 있었대요. 그래서인지 우리말고는 사람들이 거의 없었어요. 하지만 외부인들이 어디선가 갑자기 한두 명씩 나타나기 시작하더라고요. 저희는 옛날부터 그런 외부인들이 우릴 죽이고 결국 자기들도 자멸할 거라는 말이 있거든요. 그래서 우리는 외부인들과 어느 정도로 적대적이면서 항상 우리가 주도권을 안 놓치려는 거예요. 아무리 그 말이 사실이더라도 우리는 당신들을 해치지 않으니까요. 이제 좀 알겠나요?"

남자는 고개를 끄덕이며

"제가 한번 알아볼게요. 무슨 일인지 대충은 알겠어요. 고마워요. 그래도 거짓은 아닌 것 같네요. 그러면 내일 다시 여기서 보실까요?"

여자는 한숨을 다시 내쉬며

"알겠어요. 그러면 내일 여기서 뵙는 걸로 하죠."

나는 그러고는 곧장 다시 그 곳으로 향하던 도중 처음 만났던 그 남자가 앞에 나타났다.

"누군가를 만나고 왔나? 뭐 대답을 들을 필요도 없지만 당신은 받아주기에도 그렇다고 살려두기에도 너무 후환이 클 것 같네. 미안하네. 내 처지를 용서해주게."

남자의 방아쇠는 당겨지고 허탈하게 웃으면서 사라져만 갔다. 흐릿해져가는 시야를 붙잡으려 애쓰려고 했지만 점점 흐릿하게 번져만 갔다. 그리고서는 다시 맨 처음 하얀 공간으로 돌아오고 말았다. 어김없이 다시 문을 열고, 다시는 돌아올 수 없었다.

　고등학생이라는 신분으로 글을 적을 때마다 여러 가지 생각을 했습니다. 사실 입시라는 거대한 장애물을 넘어야 하는 우리에게 글쓰기는 시간적으로나 정신적으로나 힘든 관문입니다. 저는 맞춤법도 많이 틀리고 내용도 기분에 따라 적다보니 오류가 많습니다. 선생님들이 문제점을 하나하나 짚어 주시다보면 많은 내용이 사라지기도 하고 또 새로운 내용이 등장하기도 하는 등 퇴고과정이 까다롭습니다. 이상하게 글을 적다 보면 정해 놓은 방향대로 가지 못하고 샛길로 새다 보니 선생님께 죄송합니다. 그래도 다행스러운 건 이은희 선생님이 그런 나를 안 쫓아내신 것이죠.

　1학년 때만 해도 문・이과가 안 갈려서 그린비에 소속되어 있는 것이 괜찮았지만 2학년이 되고 이과를 선택하니 '너는 왜 문과 동아리인 책쓰기에 들어갔냐?', '차라리 진로에 맞는 다른 동아리를 찾아봐.' 등 주위 사람들이 조언 아닌 조언을 했습니다. 물론 이 말이 아주 틀린 말은 아니지만 중학교 때부터 유일하게 재미있던 것이 글을 짓는 일이라서 여기 남아 있는 게 즐겁습니다.

　지금 생각하면 웃기지만 처음엔 작사를 한다고 쓰기 시작했습니다. 아직도 집에는 몇 개의 글이 있는데, 지금 보면 중2병에 걸려서 적은 듯해 보여 창피하기도 하지만 지금 나를 이 동아리에 있게 해준 것이 이 글인 것처럼 느껴져서 한편으로는 좋게 생각이 됩니다.

그린비, 봄을 꿈꾸다

선장이
떠난 배는
다시
돌아오지
않는다

이승준

● 세월호 사건으로
미뤄본 우리 사회의 문제 ●
● 처음과 마지막 항해 ●

세월호 사건으로 미뤄본 우리 사회의 문제

선장이 떠난 배는 다시 돌아오지 않는다

2014년 4월 16일 대한민국을 쇼크에 빠지게 하는 사건이 발생했다. 청해진해운 소속 여객, 화물 겸용선인 세월호가 수학여행 중이던 단원고 학생 325명과 선원 30명 등 총 476명을 태운 채 침몰했다는 것이다. 사건은 이와 같다.

무리한 항로변경으로 인한 침수가 발생하였고, 긴급히 선내에서 탈출해야 한다는 방송을 해야 마땅함에 불구하고 방에서 가만히 대기하라고 하여 혼란만 가중, 조기 구조에 실패했으며 최초의 신고자인 단원고 학생이 구조를 요청하자 선박 위치 파악도 제대로 안된 해경은 학생에게 경도와 위도를 재차 물어보았다. 그리고 대기하라는 방송을 한 선장과 선원은 승객들을 두고 탈출해버렸다.

세월호가 침몰한 곳은 우리나라에서 울돌목 다음으로 유속이 빠른 곳으로 구조 작업이 매우 힘든 곳이기에 고전을 면치 못하다가 결국 10월달 기준 구조 172명, 사망 295명, 실종 9명이라는 결과를 가져왔다.

이런 비극적인 사건에서 우리는 지금까지 겉으로는 보이지 않았던 우리 사회의 문제점을 많이 발견할 수 있다.

첫 번째 문제점은 책임감이다. 개인주의가 팽배해 삭막한 우리 사회에서 남을 위해 양보하고 서로 배려해 주는 덕목이 점차 사라지고 있다. 그 원인으로는 경쟁을 부추기는 우리나라 교육 시스템이 당연 첫 번째 이유가 아닐까 한다. 성적을 통해 미래가 바뀌게 되는 현 대한민국 교육 시스템은 책임감 있고 배려심 많은 인간을 길러내기엔 적절치 않다. 휴대폰과 카카오톡 등으로 사회적 접촉을 대신해가는 현실도 실제로 얼굴을 마주하고 쌓는 정이라든지 남을 배려하는 마음 등을 느끼지 못하게 하는 이유 중 하나이다. 심지어 가정에서도 형제자매끼리 비교를 하며 경쟁을 부추기는 이 마당에 이기주의 및 개인주의는 예견된 결과가 아닌가? 남을 좀 더 배려하고 입장을 바꿔서 생각하는 것이 정말 필요하다.

두 번째, 세월호의 사건을 통해 찾을 수 있는 우리 사회의 문제는 서로를 믿지 못하는 마음, 즉 불신이다. 이번 사건에서 충분히 지겹도록 봤겠지만 몇몇 예를 들자면, 세월호의 실종자들을 구조하기 위해 파견된 구조업체들과 UDT, 해난 구조대인 SSU를 믿지 못하고 잠수원들이 국민을 패닉에 빠지지 않게 하기 위해 선내 시체가 가득한데 일부러 발표를 하지 않는다는 등 유언비어, 구조자 수를 잘못 집계하고 전원 구조됐다는 오보를 하는 등 언론. 불신의 싹을 키우고 SNS에서의 근거 없는 날조된 선동, 정부의 자작극이라는 음모론 등등 이러한 것들을 보면 한심하고 답답하기 그지없다. 또한 항상 티격태격 싸우는 진보와 보수, 자신만의 안위를 생각하는 이기주의적 행태와 주관적인 생각이 없고 남에게 휘둘리고 비평적 사고가 부족해 곧이곧대로 받아들이는 것도 문제다. 비판적인 사고력을 바탕으로 한 사리 분별, 루머성 게시글엔 아예 관심을 주지 않는 태도 등이 우리가 가져야 할 올바른 모습이 아닌가 한다.

세 번째는 공인들의 생각이 없다는 점이다. 물론 세월호에서 남을 살리다 의사하신 단원고 승무원 박지영 씨, 학생 정차웅 등 많은 의인들도 있지만 공인들은 그렇지가 않았다. 이런 비극적인 사건을 정치적인 수단으로 생각하고 말 많고 탈 많은 법들을 재빨리 통과시킨 국회의원들, 자신의 정치적인 입지나 인지도를 의식하고 양복을 빼입고 현장을 찾는 정치인들, 유가족을 방문해서 기념사진을 찍는 안전행정부 국장. 남을 배려하는 마음이 조금이라도 있다면 가슴이 도려내어진 유족들 앞에서 어찌 그런 눈살 찌푸려지는 행동을 할 수 있을까? 격려하고 다독이는 모습이 그들에게서는 전혀 보이지가 않는다. 위기를 기회로 이용하지 말고 위기에 닥친 이들을 진심으로 위로하고 그들을 위해 실질적인 대책을 하나라도 더 강구하는 게 참된 공인의 모습이 아니겠는가? 더불어 요즘 세월호 특별법에 대해 말이 무척이나 많은데 정부에선 이런 큰 사건 앞에선 어떤 일들보다 신속하고 타당하게 대처할 수 있어야 한다. 남을 탓하기 전에 자기 스스로를 먼저 돌아보고 반성하는 시간이 절대적으로 필요하다.

이렇듯 이 비극적인 사건을 통해 크게 세 가지 사회의 문제점들이 살펴보았다. 사실 더 깊게 파고 들어가보면 잘못된 점이 더 많을 것이다. 이번 기회를 통해 부적절한 면들을 바로잡고 진심으로 서로를 염려하고 배려하며 궁극적으로는 도덕적인 양심을 함양하고 상식적으로 생각만 한다면 우리가 숨쉬는 공기가 더 맑아지지 않을까 생각한다.

처음과 마지막 항해
| 선장이 떠난 배는 다시 돌아오지 않는다

1

"킥킥킥……. 밀지 마, 이 새끼야."

좋다. 너무나도 좋다. 내가 그리던 생에 첫 번째 수학여행이라 그런지 모든 게 새롭고 친구와 함께 한다는 것이 이런 거구나 싶다.

내가 왜 이 나이 먹도록 수학여행 하나 못 가봤냐고? 나는 야구부였다. 고등학교 1학년까진. 어렸을 때 동네 형과 처음 야구를 해보고 그 때부터 완전히 빠져들어 결국 야구부에 지원하게 이르렀다. 그렇지만 한 부모 가정인 난 망할 놈의 돈이 없었기 때문에 저 서울 외곽의, 엄마가 아는 감독한테 야구를 배우는데, 중2 수학여행 때 야구부의 합숙훈련 때문에 동행을 못하게 된 것이다. 그러다가 학생 수가 턱없이 모자라 결국 폐교되는 바람에 야구부는 자연히 없어져 결국 겨우겨우 출석만 하다 자퇴를 했다. 1년 후 이사를 또 한 번 가게 되고, 단원고에 복학하게 되어 지금에서야 겨우 수학여행을 가게 된 것이다. 결국 내가 바랐던 수학여행을 오게 되었으니 이것이야말로 해피엔딩인가?

"한 명씩 줄서서 조심해서 올라가세요!"

선원이 소리를 버럭 지른다

"네! 이쁜 누나!"

애들은 들뜬 마음에 이쁘장하게 생긴 누나를 놀려대고 미쳐서 서로 궁댕이를 걷어차는 등 장난치기에 바쁘다. 배 안으로 들어가는 계단을 올라타면서 배를 둘러봤는데 생각보다 훨씬 크고 좋다. 안으로 들어가서는 학교 교실 두세 개 합친 것보다 더 큰 방에서 가만히 친구들이랑 롤 얘기를 하면서 시간을 보낸다. 가끔 여자애들 눈치를 보면서 인기 순위도 정하고 오늘 아침에 있었던 얘기, 오늘 저녁 우리만의 파티 등에 대해 이야기한다.

그러다 갑자기 좀 이상해졌다. 뭔가 살짝 기운 느낌이 난다. 야구부였던 난 알 수 있다. 수비에서 공을 잡을 때 몸의 균형이 살짝만 흐트러져도 감독한테 엉덩이 맞아가면서 욕을 먹었기 때문이다.

"일준이, 왜?"

실장인 장민재다.

"어? 어……. 아니야. 좀 뭔가 이상한 것 같아서."

"뭔 개소리야. 왜, 엄마 품 떠나 멀리 진도까지 오니 갑자기 엄마 보고 싶냐?"

"그런 거 아니거든. 이 미친 놈아."

"낄낄, 일준이 엄마 보고 싶댄다. 야들아, 일준이 어머니한테 영상통화라도 걸게 자리 좀 비켜주자."

"이 미친 새끼. 넌 뒤졌다."

바로 민재를 넘어뜨리고 마운트 자세로 그놈의 양팔을 다리로 깔아뭉개고 옷 사이에 손을 넣어 가슴을 꼬집는다.

"까불래, 안 까불래?"

"악! 헉, 헉……. 죄송해요!"

그 소리를 듣고 스르르 풀어주는데 갑자기 끼이익 소리가 났다. 이건 분명히 모두 들었을 것이다.

"얘들아, 이상한 소리 나지 않았냐?"

민재의 짝인, 키 173cm 여자 거인 장세영이 벌떡 일어나서 말한다.

"응 들었어. 배 뒤집히고 그러는 거 아니야?"

쟤는 누구더라. 그래, 3반 하정윤이었나, 여튼 개였다. 옆에 있던 장민재가 웃으면서

"에이 설마 그러겠냐? 그러면 재밌겠다. 수영하고."

"야, 재수없는 소리 하지 마라? 이 재수없는 새끼야."

하정윤이 일어서서 방문쪽으로 다가간다. 그런데 스피커에서 갑자기 방송이 나온다.

"현재 배가 침수 중입니다. 선내에 있는 승객 여러분들은 구명조끼를 착용하고 대기해 주십시오."

쌍! 이건 무슨 소리야. 침수라니. 배에 물이 차오르고 있단 말인가?

"꺄아아아악!"

"뭐야 씨발! 장난치나"

"전화가 갑자기 안 돼, 데이터도 안 뜨고!"

아비규환. 공부 못하는 나도 떠오르는 사자성어다. 전화하다가 갑자기 끊겨서 계속 전화를 걸고 있는 애들도 보인다. 반에서 제일 시끄럽던 장민재가 가만히 서 있는데 다른 애들은 오죽할까. 방문이 열리더니 담임인 최혜정 선생님과 승무원 한 명이 구명조끼를 방안에 들여놓는다.

"이거 입고 침착하게 기다려 애들아. 별거 아니야. 승무원한테 물어봤는데 그냥 나사가 풀려서 물이 들어온 거래. 그러니까 그것만 막으면 아무것도 아니래. 쉬운 거고 너무 당황할 필요도 없댄다."

애들은 아무런 대꾸도 하지 않고 조용히 구명조끼를 입고 가만히 앉아 있다. 나도 조끼를 입고 가만히 앉아 있었다. 휴대폰은 마침 배터리가 나가버렸다. 젠장, 이게 대체 무슨 일이야. 그냥 이렇게 기다리면 되는 건가? 이런 일이 터지면 가장 시끄러울 것 같던 애들도 지금은 꽤나 조용해졌다. 긴장하고 있는 건가. 나사가 풀린 것뿐이라니 좀 있으면 괜찮아지겠지. 선생님도 조끼를 입은 상태로 말없이 우리와 시계를 번갈아가면서 보고 있다.

고개 폭 숙인 채 어서 시간이 가기를 기다리고 있는데 갑자기 몸이 수직으로 기운다.

"까아아악!"

"아!"

방 안에 있는 사람들 모두 빙판위의 썰매처럼 미끄러져 내리고 벽 이곳 저곳을 처박는다.

신음소리와 비명소리가 한데 섞이면서 지옥의 소리가 만들어졌다.

"괜찮아? 진짜 나사 하나 때문에 이렇게 되는 건가? 아닌 것 같은데…….
사기 치는 거 아니야?"

장세영이 박은 머리를 만지며 말한다.

최혜정 선생님은 애들 한 명 한 명씩 괜찮냐고 묻느라 바쁘다. 저 선생님은 이번 해에 처음 교직에 서고 담임도 처음 맡았다. 참, 이제 와서 생각해 보니까 나와 똑같다. 저 선생님도 나도 수학여행을 처음 가보는 거니까……. 그런데 이런 일이 일어나다니 헛웃음이 나온다. 방 밖의 상황을 보려고 기울어진 상태로 거의 기다시피 걷는데 갑자기 사악 흐르는 소리가 났다. 이런 쌤! 알아차리지 못 한 사이 물이 신발까지 차 있다.

"쌤, 이거 빨리 나가야 하는 거 아니에요?"

민재가 드디어 말을 한다.

"선생님 생각에도 빨리 탈출해야 할 것 같은데 일단 방송에서 대기하라고 했으니까 너희들은 여기 가만히 있어봐. 선생님이 나가서 상황을 보고 올게. 알았지?"

그렇게 말하고는 힘겹게 문을 열고 복도로 나가는데, 복도 반대편에서 바닷물이 밀려와 선생님을 덮친다. 순식간에 일어난 일이라 나 말고 다른 애들은 보지도 못한 것 같다. 방 문 밖엔 이젠 사람이라곤 없는 거다. 이곳에서 물과 우리는 절대 만나선 안 된다. 벽 하나를 사이에 두고 우리는 물이 경계를 넘지 않도록 간절히 기도하는 일 밖에 아무것도 할 수 있는 게 없다. 선생님이 휩쓸려 갔다고 말을 하지 않았는데도 애들은 다 알고 있는 듯이 비명 대신 침묵을 지른다. 더 무서운 건 고요함이다. 선생님을 대신해서 민재가 아무 일 없을 것이라는 말만 되풀이할 뿐이다.

쌰, 이런 게 수학여행이었구나. 즐거움 후에 절망이 오는 건 살아가는 동안 질리도록 맛 본 줄 알았는데 아직 약과였나보다. 그저 우린 터지지 않는 휴대폰 속 자신의 부모님에게 암묵적인 유언을 남기고 서서히 밀려오는 죽음을 기다리고 있다.

바닷물이 방문을 부수고 수학여행의 끝을 말하며 우리를 데려 간다. 바다 속은 너무나 차갑다. 숨도 못 쉴 만큼 차다. 갑자기 떠오르는 사람, 엄마. 혼자 남겨질 우리 엄마.

수학여행은 생각보다 재밌진 않아. 그래도 그렇게 나쁜 것만은 아니었어. 그러니 너무 슬퍼하지 말고 꼭 밥도 잘 챙겨먹고 내 몫까지 재밌게 살아야 해. 저 위에서 엄마만 바라보고 있을 테니 천천히 놀다가 와. 은혜 갚을 거라고 다짐했는데 못 지켜서 죄송해요. 그럼, 몸조심 하고 안녕히 계세요.

바닷물은 여러 아이들의 눈물을 더한 채 세차게 흘러가고, 우리의 눈은 차갑게 감겼다.

2

제 이름은 우민주. 초보 선원인 난 그렇게 첫 다짐을 합니다. 예정돼 있었던 학생들의 입장을 배에서 손꼽아 기다리고 아이들이 도착하자 입구에 서서 어떤 아이들이 탈까 슥, 보는데 아이고 저런, 저렇게 장난치면 위험한데…….

"거기서 장난치면 안 돼요! 한 명씩 줄 서서 조심해서 올라가세요!"

힘껏 소리 지르는데, 듣지도 않네요. 얼마나 좋았으면 사람이 말하는데 듣지도 못할까. 하긴 뭐, 나도 고등학교 졸업한 지 얼마 지나지 않아 그 기분 충분히 이해합니다.

아이들이 다 탑승하고 내가 해야 할 일은 그냥 승객분들의 불편한 사항을 들어 해결하고, 질문 받고 그런 거예요. 그리고 지휘실에 있는 베테랑 선원님들의 심부름을 하고……. 별건 없지만 꽤 보람 있는 일이랍니다. 듣자 하니, 오늘은 원래 선장님이 휴가를 떠나시고 임시로 다른 선장님이 오셨다고 하는데 그래도 얼마나 훌륭한 사람일까요?

저는 어렸을 때부터 바다를 동경해 왔습니다. 비록 산에 둘러싸인 대구에서만 살았지만 마음만은 항상 바다 위를 항해하고 있었죠. 해산물도 완전 좋아한답니다. 그래서 크루즈 승무원이 되었죠. 좋아하는 곳에서 일한다는 게 얼마나 행복한 일인지 몰라요. 날씨도 안개 좀 긴 거 빼곤 괜찮고 순조로운 항해가 될 것 같아요.

"저기, 화장실은 어디에 있어요?"

아까 계단 올라오면서 장난쳤던 그 아이네요.

"저기로, 일자로 쭉 걷다가 오른쪽으로 꺾으면 있습니다."

"아, 감사합니다."

후다닥 빨리 가는 뒷모습이 마치 제 동생을 보는 것 같아 흐뭇합니다. 그렇게 그 학생을 안내해 주고 새로운 선장님이 보고 싶어 지휘실로 갑니다.

"그럼, 어서 선원들은 탈출 준비를 해라."

엥? 이게 무슨 소린가 싶어서 들여다보니 지휘실 안의 선원들이 바쁘게 움직이고 있고 선장님은 어디로 갔는지 안 보입니다. 아, 마침 저기, 같은 과 선배님이 있네요.

"선배님, 무슨 일 있나요? 좀 전에 탈출 뭐라고 말하는 것 같던데……."

"응, 말하자면 긴데 침수가 난 모양이야. 어서 빨리 탈출 준비해. 곧 있으면 해경이 올 거야."

"무슨 소리세요. 침수라뇨? 그것보다 안에 있는 승객들은 어떡하고요?"

"아까 방송으로 대기하라고 말했는데, 몰라. 어떻게든 되겠지. 일단 우선 나가자고……."

이러며 구명조끼를 들고 갑판으로 나가버립니다. 그 순간 배가 확 기울어져 나는 벽 모서리에 머리를 세게 박고는 몸을 세우기가 힘들어졌습니다. 그래도 억지로 억지로 갑판 쪽 밖으로 나와보니 해경이 와 있고, 갑판 위엔 온통 선원들 밖에 없습니다. 그리고 해경 보트 위에도 선원밖에 없고……. 선장 같아 보이는 늙은 사람도 한 명 있던데 설마 선장은 아니겠죠? 선장이 배를 버리고 도망칠 일은 없으니까요. 뭐가 됐든, 저도 이제 탈출을 해야겠습니다.

"손잡고 여기로 점프 하시면 됩니다."

해경이 손을 내밉니다.

"근데 승객 분들은 어디 있나요? 안 보이던데, 다 탈출했나 봐요?"

"일단은 묻지 마시고 얼른 타세요. 시간 별로 없습니다."

"아니, 승객들은 어디 있는데요? 어, 선배!"

저기 보트 위에 선배가 보입니다. 근데 이쪽으로 고개를 돌리질 않네요.

"아이, 저 멍청이가 잠시만요. 배 안에 사람들이 있어요. 데리고 나올게요."

그리고는 다시 들어가려는데 해경이

"지금 들어가면 위험합니다. 곧 배가 완전히 침몰될테니 얼른 보트 위로 점프하세요!"

"저기요, 저 안에 사람이 있다고요. 저 사람들은 대기하라는 말만 듣고 대기하고 있을 거 아녜요? 우리가 탈출하고 있는 거 승객들도 알고 있나요?"

"그건……. 일단 우선 타세요. 곧 출발합니다."

"그냥 먼저 가세요. 제가 데리고 올게요."

그런데 입구를 가로막으면서 저의 손을 막무가내로 잡습니다.

"놔! 내 첫 번째 승객이란 말이야. 저 안에 사람이 갇혀 있다고!"

고래고래 소리를 질러도 이젠 대답도 안 합니다.

그때 복도에서 방문이 덜컥 열리자 학생들의 선생님이 나옵니다. 그런데 갑자기 엄청 큰 파도가 밀려오더니 배 안으로 우르르 들어갑니다. 아, 복도에 물이 가득이네요. 그 선생님도 안 보이고……. 방 안에 무사히 들어갔을까요?

"저기요! 거기 배 안에 누구 있나요?"

입구에서 소리 지르는데 아무런 대답도 없고 물만 가득합니다.

그때 또 파도가 밀려오더니 배 안으로 더 들어갔어요.

젠장, 이거 진짜 정말 최악이에요. 선원이라는 작자가 승객을 버리고 먼저 탈출하다니……. 제 인생의 처음 승객들을 구조하려고 다시 들어가려고 하자

"들어가면 안 된다고!"

해경이 제 손을 잡고 보트 위로 던집니다.

"악! 저 안에 분명히 사람이 있었어요. 보셨잖아요!"

들은 건지 만 건지 해경은 그저

"이제 출발해!"

보트가 '꾸르릉' 소리를 내면서 배로부터 멀어집니다. 얼마나 멀어졌을까요. 꽤 오래 지난 후에

"선장님, 그래도 다행이죠? 무사히 탈출할 수 있어서……."

선배가 웃으면서 말합니다.

"그래. 살아서 다행이구먼."

씨익 웃으면서 말합니다. 저게 선장인가 봅니다.

"저기요, 선장님이세요?"

"응? 응. 그래 맞는데, 자넨 누군가?"

"됐고, 선장이라는 분이 이렇게 제일 먼저 구조되고, 이게 뭐하는 짓이죠? 선장은 배와 운명을 나눠야 하는 거 아닌가요? 배가 침몰하면 당신도

죽어야죠. 왜 제일 먼저 구조되셨죠?"

너무 화가 나서 버럭 소리를 지르니 선장이란 사람이

"진정하시게. 그래도 이렇게 모두 무사하지 않은가?"

어이가 없으니 더 이상 화도 안 납니다. 상종할 가치도 없구요. 남아 있는 승객의 안전을 바라는 마음으로 기도만 할 뿐이지요. 갈매기는 무심하게 끼룩끼룩 거리고, 내 생의 처음 항해이자 최악의 항해였습니다.

나는 자주 글을 쓰지 않지만 글 쓰는 것 자체를 좋아한다. 한국사나 한국지리 같은 암기과목을 공부할 때도 무작정 쓰면서 외우는 스타일이다. 그러나 2학년 올라오고 '그린비'라는 글쓰기 동아리에 들어가서 활동을 해보니까, 역시 소설과 수필은 확연히 달랐다. 소설에는 소재와 구성이라는 참신한 아이디어가 있어야 하는데, 그걸 구상하기가 너무 힘이 들어 등장인물 이름 하나에도 몇 시간씩 고민을 했다.

이번에 '세월호 참사'라는 무거운 소재를 택했는데, 실제 학생의 심리를 표현하고자 애를 많이 썼고 남을 위할 줄 아는, 아니 어쩌면 당연한 일을 한 승무원을 등장시켜 나 자신이 승무원과 학생이 되어 보았다. '과연 나는 어땠을까'라는 생각을 계속 하면서…… 또한 마지막은 해피엔딩으로 끝내고 싶었는데 도무지 행복한 결말이 생각나지 않았다. 모든 사람이 구조되고 서로 얼싸 안고 끝내면 좋겠지만 그것은 그냥 내 바람이지 실제 유족에겐 의미 없는 위로가 될 뿐이라고 생각했기 때문이다. 오히려 더 참담하게 표현을 해 썩은 세태를 보여 주는 것이 낫다고 생각했고 나름 잘 마무리되었다고 생각한다.

마지막으로 후기인 만큼 도와준 사람에게 고마움을 전하고 싶다. 항상 모임 시간에 늦게 오고 글도 제때 제때 안 내서 답답하게 한 점 이은희 선생님께 죄송합니다. 앞으로는 더욱 부지런해지겠습니다. 또 소설에서 승무원 이름을 쓰도록 기꺼이 허락해 준 내 친구, 민주야 고마워. 책이 나오면 제일 먼저 보여줄게! 출판 기념으로 밥 한 끼 먹자꾸나. 그리고 1년 간 고생 많았던 우리 동아리 친구랑 후배들아, 수고했고 앞으로 조금만 더 고생하자.

그린비, 봄을 꿈꾸다

환경을 말하다

권기웅

● 환경에 변화하는 사회 ●
● 행복은 멀지 않은 곳에
존재한다 ●

환 경에 변화하는 사회

환경을 말하다

지금의 환경의 문제가 그렇게 심각하지 않다고 느끼는 사람들이 많다. 하지만 지구 반대편에선 우리의 무분별한 자원의 개발과 낭비로 인해서 많은 사람들이 피해를 보고 있다. 그 예로 빠른 속도로 녹고 있는 북극의 빙하를 들 수 있다. '물이 많아지면 해수도 풍부해지고 물고기도 살기 편하고 좋은 것 아니겠어?'라고 말하는 사람들도 있는데 그들은 환경에 대해서 진지하게 생각해보기라도 한 것일까? 해수면이 상승된다는 것은 위험한 일이다. 우선 우리 한반도부터도 삼면이 바다로 둘러싸인 도서국이라서 바다의 영향을 많이 받는다. 해수면의 상승으로 우리나라가 범람하여서 그대로 나라 하나가 물고기 밥이 된다고 생각해 보라. 그 정도까지야 범람이 되겠는가하고 안심해서는 안 된다.

바다가 성장해가면 물론 이익도 있겠지만 손해가 더 크리라고 생각된다. 크기가 커질수록 물의 움직임이 많아질 것이고 그러면 고기를 잡기 위해서 출항하는 배의 위험도 커질 것이다.

과학기술은 날로 발전하지만 우리의 환경은 그렇지 못하다. 이렇게 가다가는 미래의 농산물들이 맛은 없지만 가격은 치솟고, 우리의 경제나 국민들의 건강을 위협하게 될 것이다. 이제는 대기업도 이런 농산물에 손을 대는 시대가 오지 않을까? 삼성쌀, 현대토마토, LG비닐하우스 등……

해수면의 상승으로 경제에 타격이 생길 것은 물론이고 낮은 층의 건물 가격은 점점 떨어질 것이고, 아파트 고층은 모두 부유한 사람들이 지배하게 될지도 모르며, 집집마다 작은 나룻배를 한 채씩 소유하게 될지도 모르고, 출근할 때 깔끔한 정장과 넥타이 대신에 물의 저항력을 최소로 하는 전신 수영복과 오리발을 착용하게 될지도 모른다.

또한 지금은 이렇게 흰 구름에 파란색 하늘이 보이지만, 오염된 공기층으로 인해서 햇빛을 볼 수 없게 될지도 모른다. 우리 생물들에게 기본적으로 필요한 것은 햇빛인데 그 빛이 없다면 어떻게 될까? 먼지로 뿌연 하늘, 그 하늘에서 비행기는 제대로 날 수 있을까? 고속도로의 차처럼 동시 간에 하늘을 나는 비행기들이 충돌하지 않을까? 탁한 공기로 인해 감기나 기관지염에 걸리는 사람이 많아지고 많은 사람들이 병원에 출석도장을 찍게 될 것이며, 너무 많은 환자로 인해서 치료를 받지 못하는 사람들이 생겨날지도 모른다.

지금 내 눈에 보이지 않아서 신경 쓰지 않고 무시할 수도 있다. 하지만 막상 일이 터지고 나면 돌이킬 수 없는 상태가 될 것이다. 지금 이 시대는 기술의 영향으로 인해서 사람들의 삶이 많이 바뀌지만 미래에는 환경의 영향으로 인해서 삶의 모습들이 많이 달라질 것이다.

환경에 대한 지식을 키우기보다는 기본적인 것을 이해하고 가장 작은 일부터 지켜간다면 흰 구름과 파란 하늘을 더 오래 볼 수 있지 않을까.

행복은 멀지 않은 곳에 존재한다

환경을 말하다

우리가 지금 무심코 사용하고 있는 자연은 어떻게 다시 우리에게 나비 효과로 돌아올까? 나의 80일간의 여행 이야기를 들으며 생각해 보기를 바란다.

이곳은 어둡고 침침한 어느 한 공항. 건전지만한 작은 손전등에 의지해서 지도를 살피며 계획을 세우고 있다. 사람이 많을 법한 이 공항에 내가 왜 이 작은 손전등을 의지하고 있냐고? 그건 간단하다. 불, 형광등 따위가 존재하지 않기 때문이다. 불과 3일 전까지는 매우 멀쩡한 공항이었으나 태풍과 지진, 해일, 그리고 오만가지의 자연재해로 인해서 이제는 모두 무너진 상태다. 사람들은 희망을 잃고, 선이 끊어진 전화기를 하염없이 붙잡으며 울고 있다. 수화기에서 울리는 뚜, 뚜, 뚜 소리는 마치 우리의 생명이 모두 마감되었을 때 들리는 소리와 비슷하다.

"파푸르 공항이 이렇게 비참한 장소는 아니었는데……."

중얼거리는 내 모습을 낡고 부러진 기둥 뒤에서 보고 있는 꼬마아이. 나는 왼쪽주머니에 있는 초콜릿을 조금 떼어내어 내밀었다. 아이는 처음에는 경계하다가 재빠르게 가지고 사라져 버렸다.

"아, 이런 상황 속에서 자비를 베푼다는 건, 바보 같은 짓인가? 하긴 뭐,

이런 상황일수록 사람들은 민감하겠지. 식량 하나에 목숨까지 거는 마당에……. 그러고보면 난 너무 베풀었던 게 아닌가?"

내 자신이 참 어리석고 바보 같다고 생각하며 손바닥을 네 개 엎어 놓은 크기의 창문을 바라보며 우울한 상상에 빠져 든다.

외롭게 지내고 있을 우리의 가족들. 이곳에서 아무도 모른 채 그냥 먼지처럼 사라지는 것은 아닐까?

그 순간 기둥 뒤에서 무언가가 빠르게 지나갔다. 나는 잠시 눈물을 멈추었다.

"벌써 야생동물들이 공항까지 들어온 건가? 아직 하지 못한 일도 많은데 이렇게 하이에나의 밥이 되어버리고 마는 걸까?"

후들거리는 다리를 부여잡고 기둥 뒤로 천천히 걸어가 보는 순간, 누군가 뒤에서 나를 콕콕 찌르는 느낌이 들었다. 빠르게 뒤돌아보고 싶었지만 너무 무서운 나머지 고개를 돌릴 수가 없었다. 그 순간 내 뒤에서 한 어린아이의 목소리가 들렸다. 뒤를 돌아보니 아까 초콜릿을 나누어준 작은 소녀가 보였다. 조그마한 손에 옥수수가 쥐어져 있었다. 갑자기 하염없이 눈물이 났다. 그리고는 옥수수를 먹으며 말을 건넸다.

"이름이 뭐니?"

"아, 아리안."

아리안은 이곳에 현지인이 아니라 나와 같은 여행객이었다. 아리안은 아버지는 한국 사람이며 어머니는 파푸르 사람이었던 것이다. 그래서 대화가 가능했던 것이었다. 아리안은 부모님의 결혼기념일을 맞아 어머니의 고향인 파푸르로 잠시 놀러왔다고 한다. 하지만 지금의 아리안의 모습에서는 행복한 가정을 상상하기가 어려웠다. 왼쪽 눈 밑에는 무언가에 긁힌 듯한 상처가 있고, 밑단이 다 찢어버린 꽃무늬 원피스를 입고 있었으며, 오른쪽 팔에는 무언가에 물린 듯한 상처가 많았다. 가족의 행방을 물어보자 아리안은 아무 말 없이 고개만 저었다.

갑자기 내 딸아이가 떠올랐다. 끝까지 여행을 말리던 딸아이…….

다음날 아침은 조금 느낌이 달랐다. 작은 창가에서 햇살이 조금씩 들어왔고 내 옆에서 자던 아리안은 어제 먹다 남은 옥수수를 남겨 놓은 채 사라지고 없었다. 잠시 당황한 나는 이리저리 둘러보다가 나뭇잎에 적힌 글씨를 보고 안심하였다. 서툰 한글의 '다녀오새요.'

작은 손으로 힘들게 글씨를 썼을 아리안을 생각하니 마음이 짠했다.

공항을 나와 하염없이 걸었다. 그러다 힘이 풀려 주저앉고 말았다. 잠시 더위를 식힐 겸해서 그늘에 앉아 다음 목적지를 생각하였다. 다른 지역과 달리 물이 많은 '코아코 마을'. '작은 쉼터'라고 적힌 지도를 보며 발걸음을 옮겼다. 맞은편에서 걸어오는 사람을 불렀다.

"저기 아저씨. 죄송한데 혹시 코아코 마을이 어디 있나요?"

아저씨는 나를 아래위로 훑어보더니 질문하였다.

"그 마을은 도대체 왜 가려는 거요?"

"물도 조금 얻고 하루 쉬어 가려구요."

"어이 젊은이. 그 동네에 물이 있다고? 난 처음 들어보는 말일세. 그리고 그 마을에서 쉬어 간다는 것은 불가능한 일이야. 믿기 어려우면 직접 한번 가 봐. 그리고는 후회하겠지. 아! 그리고 젊은이. 가방에 짐이 많은데 그 마을에서는 가방이 너무 무거우면 위험할 수도 있어. 적당히 메고 가는 게 좋을 거야."

그러고는 휑하게 가버렸다. 나는 순간적으로 몹시 화가 났다.

'아니 저 아저씨. 진짜 코아코 마을엘 갔다와보기나 한 거야?

여기 이 지도에 물도 풍부하고 여행객들의 낙원이라고 쓰어 있는데 무슨 소리람?'

한참을 걷고 또 걸으니 드디어 코아코 마을이라는 이정표가 보였다. 마을에 들어서는 순간 너무나 조용한 거리에 조금은 당황했다. 먼저 마실 물을 사기 위해서 마을 입구 작은 슈퍼마켓에 들렀다. 가장 작은 크기의 생수병을 골라서 주인아주머니에게 물었다.

"저기 아주머니. 이 작은 생수 얼마예요?"

주인아주머니는 의심하는 눈빛으로 쳐다보며 말했다.

"정말로 그 물 살 거요?"

"네. 무슨 문제라도 있나요?"

그러자 아주머니는 아무것도 아닌 척하였다.

"얼만가요?"

"10쉘링입니다."

1쉘링은 우리나라 돈으로 만 원이다. 파푸아 지역은 환율이 높지도 않아 20셸링만 환전하였는데 이 무슨 말도 안 되는 일인가? 그럼 이 300ML의 작은 물 하나의 가격이 10만 원이라는 뜻인가? 도대체 이유를 알 수가 없었다.

"10쉘링이요? 아니, 고작 물 하나 가격이 어떻게 10쉘링이 됩니까?"

"내가 처음 물을 산다고 할 때부터 이상했어! 당장 나가!"

어이없게 쫓겨나고 말았다. 가방을 열어 지도를 확인한 후 지도 밑에 있는 부가 설명을 천천히 읽어 보았다.

'코아코 마을은 물이 풍부하여 물을 쉽게 얻을 수 있을 뿐 아니라 지역 주민간의 인심이 가장 좋다고 인정되는 곳입니다.'

이런 엉터리 지도를 봤나. 믿은 내가 바보였다 생각하고 슈퍼 옆에서 혼자 쪼그리고 앉아 있었다. 잠시 뒤 마을 입구에서 들어오시는 할아버지께서 말을 거셨다.

"어이 젊은이. 왜 더운 날 여기 혼자 앉아 있어?"

"물을 구하려고 왔는데 너무 비싸서요."

"우리 집으로 오게. 내가 시원한 물 한 잔 대접하겠네."

순간 기뻤지만 의심을 안 할 수는 없었다.

"10쉘링에서 5쉘링으로 깎아주시면, 아니 3쉘링으로 주시면 안 될까요?"

그러자 할아버지는 박장대소 하시며 말했다.

"물은 당연히 공짜로 드리지. 얼른 따라오게."

할아버지는 자신의 집 뒤 우물에서 물을 한 사발 길러주시고는 말하셨다.

"젊은이. 물을 많이 챙겨 두는 것이 좋을 걸세. 아끼지 말고 많이 들고 가."

왠지 모르는 뜨거운 눈물이 쏟아졌다.

"죄송합니다. 저는 이렇게 좋은 분이신 줄도 모르고 의심만 했어요. 물을 얻는 순간 도망가야겠다는 어리석은 생각까지 했습니다. 죄송합니다."

"이보게 젊은이. 이곳에서는 당연한 생각이야. 그래도 행동에 옮기지는 않았잖아. 그러면 다행인 거야. 내가 용서하지."

"감사합니다, 할아버지. 그런데 이 마을 도대체 어떻게 된 일인가요? 지도에서는 분명 물도 많고 여행객이 쉬다 가기에 좋은 곳이라고 하는데 슈퍼마켓에 물이 10쉘링씩이나 하고……."

할아버지는 한숨을 쉬며 이야기하셨다.

"이곳 코아코 마을은 사람도 많고 물도 많은 아주 살기 좋은 마을이었어. 하지만 환경 오염 소식이 들려오자 사람들은 물을 독차지하려고 서로 싸우고 뺏고 훔치고 이런 일들이 반복됐어. 그러니 저절로 인정이라는 단어는 찾아볼 수 없게 되고 자신만 잘살면 된다는 이기주의에 빠져버리고 말았지. 이제 코아코 마을에서의 물은 사람을 위협하는 무기로 변했어. 사람들은 가면 갈수록 차가워지고 여행객은 줄어들고 황폐해졌지. 이 마을이 예전처럼만 활기차고 인정이 많은 마을로 다시 되돌아 왔으면 좋겠어. 그게 내 죽기 전 마지막 소원일세. 허허."

이곳은 물을 무기로 사용하고 있었다. 우리나라도 예외라고는 할 수 없다. 자원을 마음대로 사용하다가 고갈의 시기가 왔을 때는 강자가 모두 소유해 버리고 남의 것을 뺏고 훔치고 하는 모습이 펼쳐지겠지.

우리의 아끼지 않는 생활습관이 코아코 마을을 가져올 것이라는 생각이 문득 들었다. 코아코 마을 도착 전에 만났던 아저씨의 말이 떠오른다.

다음 날 아침 일찍 깨어난 나는 어제 할아버지가 주신 물 세 병을 차갑게 하여서 가방에 넣고 길을 떠났다.

"할아버지, 어제 정말 감사했습니다. 할아버지 덕에 목마를 일이 없을 것 같습니다. 이 마을이 다시 인정이 많아지고 사람들도 되돌아와서 화목하게 되길 기도하겠습니다."

"아직 젊은이 같은 사람이 있어서 참 고마워. 죽기 전에 이런 사람을 만날 줄은 몰랐어. 젊은이보다 내가 훨씬 고맙네."

파푸아 공항의 마비로 인해서 임시로 지정된 키니아라는 공항으로 향했다. 공항에 가기 전에는 하나의 모래언덕을 지나야 하는데 이 '모우라' 라는 모래언덕은 파푸아 북쪽의 무분별한 개발로 인한 화산재와 중국에서 날아온 먼지로 인해 생긴 언덕이라고 한다. 빛이 없는 지옥 같은 언덕.

그러나 나를 기다리는 가족을 생각하며 힘을 내서 걸었다. 그런 모래사막에서 차갑게 생을 마감하고 싶지는 않았다.

처음 모우라 사막을 밟고는

'아니, 뭐 일반 다른 사막과 다를 게 없는데? 도대체 뭐가 위험한 거야? 여기 동식물이 살아? 아니면 해일이 나타나?'

하며 겁먹지 않고 천천히 사막을 밟으며 나아갔다. 한참을 걷는데 갑자기 불길한 느낌이 들었다. 왠지 같은 자리를 반복하며 돌고 있는 느낌이었다. 등에 식은땀이 조금씩 흘렀다.

'표시를 해두고 가면 되겠다.'

사용한 물통이나 깃발 등을 모래사막 적당한 위치에 꽂은 후 걸었다. 나의 표식들이 발견되지 않자 새로운 길을 가는구나 싶어 안심이 되었다. 그런데 갑자기 하얗고도 거무스름한 안개가 나를 휘감았다. 이리 저리 둘러보아도 아무것도 보이지 않았다.

'다 끝났구나. 그냥 평범히 조용하게 살 것을······.'

딸 아이에게 주려던 초콜릿을 꺼내들었다. 지그시 눈을 감았다. 진짜 끝인가보다 생각하며 잠이 들었다.

한참이 흘렀나. 웬 할머니의 기침소리가 들렸다. 순간 깜짝 놀랐다.

"누구시죠? 왜 거기 계시나요?"

"내가 이 집주인이니까 여기 있는 거 아니겠소?"

조그마한 창문 사이로 쌩쌩 부는 바람이 느껴졌다.

"도대체 이 사막은 뭐예요? 아니 갑자기 앞이 안 보이고 길도 잃어버리고 그러는 거죠? 할머니는 이 사막에서 왜 혼자 사세요?"

"이곳 연기는 미세먼지야. 우리가 단순히 생각하는 미세먼지. 그런데 이곳은 좀 달라서 10분 정도 아무 예방 없이 걷다 보면 갑자기 호흡곤란이 오지."

조금만 더 늦게 구조되었더라면 난 이미 죽었을 수도 있었겠다는 생각을 하니 무서워졌다.

"저를 어떻게 이 앞도 안 보이는 사막에서 구하셨어요?"

"쓰레기를 줍고 있었는데 웬 젊은이가 쓰러져 있더라고. 보아하니 눈을 감은 지 얼마 되지 않는 것 같아서 내 집으로 데려왔지."

"여기선 위험하시지 않으세요? 연세도 많으신데, 앞도 보이지 않는 이곳에서 왜 혼자 살고 계세요?"

"나도 젊은이처럼 15년 전엔 이 사막을 지나가는 한 여행자였어. 15년 전은 이렇게 연기가 자욱하진 않았지만 그때도 여전히 앞을 볼 수 없을 만큼 환경이 정말로 좋지 못했지. 한참을 걷고 걸어서 일행들과 같이 걸어가는 도중 사막에 피어 있던 자그마한 잡초를 보고 신기해 발걸음을 잠시 멈추었는데 정신을 차려보니 나 혼자 덩그러니 사막에 서 있더라고. 눈물만 하염없이 흘리고 있는데, 한 남자가 따스한 손길을 내밀어주었어. 그는 사막에서 길 잃은 사람들을 구해 주는 사막구조원이었는데, 이제는 내 남편이 되었지. 혼자 일하는 그를 보고 나도 이런 일을 해보고 싶다고 했더니 선뜻 내 의견을 들어주었고 우리 둘은 이 모우라 사막에서 길 잃은 사람들을 구해 주는 구조원이나 다름없이 지냈지."

할아버지는 사막용안경과 모래 발전기 등 여러 가지를 개발하고는 이를 알리고 오겠다며 떠났다고 했다.

"볼품없고 알려지지 않은 이 사막에 푸른 나무가 솟을 때는 돌아오겠다고 약속했어. 하지만 갈수록 심해지는 환경오염과 미세먼지로 인해 나무는 커녕 잡초 하나도 볼 수가 없어. 이제는 남편의 마지막 모습도 가물가물해."

잠시 숙연해졌다. 이번에는 할머니가 나에게 질문하셨다.

"젊은이는 왜 이 사막에 혼자 들어오게 된 건가?"

"제 고집으로 인해 들어와 버리고 말았습니다. 처음에 가족들은 모두 저를 말렸지요. 가족보다는 제 자신을 위해서 살았던 것이 너무 바보 같아요."

울지 않기 위해서 아랫입술을 깨물고 주먹을 쥐었다. 그러자 할머니는 나의 등을 천천히 두들겨 주시면서 말하셨다.

"이제라도 그런 마음을 가졌으니 젊은이는 늦지 않았어. 행복은 먼 곳에 있어서 찾는 게 아니야. 그런 일상들을 무시하고 살았지만 이제라도 깨우쳤으니 참 다행이야."

할머니의 말에 서러움이 몰려왔다.

다음 날 나는 할머니의 도움으로 모우라 사막을 빠져 나왔다.

"돌아가면 딸아이한테 꼭 잘해줘. 다시는 떨어지지 말구."

그렇게 모우라 사막을 지나 키니아 공항에 도착했다. 한국으로 돌아가는 비행기 표를 받자 느낌이 사뭇 달랐다. 한참을 날아서 한국에 도착했다. 집 앞 비밀번호가 기억나지 않아 머뭇거리는 나를 본 아내는 깜짝 놀란 듯이 나를 쳐다보았고 나는 반가운 마음에 아내를 와락 안았다. 아내는 처음에 내 모습을 보고 강도인 줄 알았다고 했다.

"아빠, 왜 이렇게 늦게 왔어? 나한테 오래 안 걸린다고 했잖아. 아빤 왜 거짓말만 해?"

아무 말 없이 아이를 꼭 껴안았다.

"아빠, 내가 말하던 초콜릿 사왔어?"

나는 주머니 속 초콜릿 포장지를 보여주며 말했다.

"사오다가 배고파서 먹어버렸네? 내일 더 맛있는 걸로 사줄게."

"그래, 내일 많이 사러 가자."

나를 여러모로 도와주고 마지막 순간 눈물을 닦게 해준 초콜릿. 내 딸아이는 상상도 못할 것이다.

이 글을 쓰며 나를 먼저 되돌아볼 수 있었다.

사회문제로 테마를 정하고 덥석 환경문제에 대해 써보기로 하였다. 그러나 환경에 대한 지식이 별로 없던 나에게 이 글은 너무나 어려운 숙제가 되었다. 하지만 이 숙제들을 천천히 풀어가다보니 환경에 대한 진지한 고민을 해 볼 수 있었고, 항상 우리 앞에 펼쳐져 있던 자연을 새로운 눈으로 바라보며 더욱 소중하게 생각해 볼 수 있게 되었다. 더불어 환경오염으로 인한 구체적인 피해양상도 알게 되었다.

또 하나, 글을 쓰면서 느낀 것은 우리 미래의 모습이다. 자원이란 유한하기 때문에 언젠가는 사라지고 말 것이다. 지금 21세기의 사람들은 미래를 보는 눈이 감겨 있다. 자연을 소중히 생각하기 보다는 자신의 이익을 위해서 무분별하게 개발하고 사용한다. 이런 모습이 계속 된다면 우리의 미래는 감은 눈처럼 한없이 어두운 모습이 될 것이다. 이를 바꾸기 위해서는 지금이라도 인식을 개선해야 한다.

'내가 버린 이 하나의 쓰레기로 큰 강물을 더럽힐 순 없잖아?' 라고 생각하는 사람은 아직 환경에 대한 인식 개선이 부족한 사람이다. '나 하나면 어때?', '내 쓰레기 하나가 무슨 영향이 있겠어?' 그 의식들이 하나둘씩 쌓이고 쌓이면 큰 강 하나를 오염시키는 것은 순식간이다. '나 한 명 쯤이야' 라는 인식으로 아직 우리의 환경은 고통을 겪고 있다.

내가 이 글을 쓰며 바라는 점은 '환경에 대한 작은 관심' 과 일상생활에서 실천할 수 있는 '깨끗한 환경 만들기' 이다. 길거리와 도로, 공원 등을 자신의 것이라고 생각하고, 먼저 줍는 사람이 되어보자!

나와 주위를 생각해 보게 된 이번 그린비 활동은 '자신에 대해 이해하고 더불어 사는 이들을 돌아보자'라는 그린비의 글쓰기 취지와 들어맞아 그 의미가 더욱 컸다고 생각된다. 커다란 변화를 가져다 준 그린비 활동에 감사한다.

그런비, 봄을 꿈꾸다

떨어지는 낙엽

이상진

●청년 실업●
●아프니까 청춘이다●

청년 실업
| 떨어지는 낙엽

여러분은 '이태백'이라는 말의 뜻을 아는가? '20대 태반이 백수'라는 뜻의 신조어이다. 이러한 말이 왜 생겨나게 된 것일까?

문제는 청년실업에 있다. 청년실업이란 주로 15세에서 29세 사이의 청년 계층의 실업을 말한다. OECD국가 대부분이 이것으로 고민할 만큼 심각한 사회문제이며, 대한민국에서도 2014년 현재 청년 실업률이 전체 실업률의 8.7%로써 점점 증가하고 있는 추세이다.

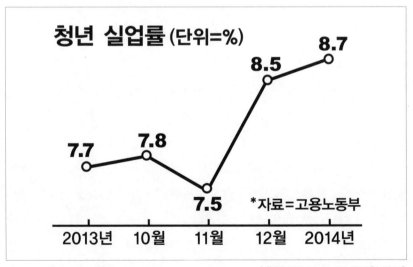

청년 실업률 (단위=%)

8.7

8.5

7.7   7.8

7.5   *자료=고용노동부

2013년   10월   11월   12월   2014년

[출처 : 2014. 2. 12 통계청 발표]

그런데 이에 비해 취업률은 늘어가는 모순된 상황이 발생하고 있다. 그 이유는 청년층보다는 경력단절여성과 노인의 일자리가 늘어났기 때문이다. 쉽게 말해 20대 청년들의 일자리는 점점 줄어들지만 경력단절여성, 즉 결혼과 출산으로 인해 일자리를 잃었던 여성과 퇴직 후 집에서 시간을 보내던 노인들의 일자리는 늘어간다는 것이다. 이 현상은 성별이나 나이의 고정된 관념을 벗어난 인재 활용이라는 점에서 매우 긍정적이다. 하지만 청년들의 실업문제가 해결되지 않는 한 노인이나 여성들의 일자리는 저임금 알바를 양산하는 수준으로 떨어질 가능성이 있다.

이러한 천년 실업현상은 왜 나타나는 것일까? 첫 번째로 우리 청년들의 인식에 문제가 있다. 연봉이 우선인 우리나라에서 대학까지 나온 이들의 목적은 '돈'과 '안정성'이다. 이러한 것들만을 바라보는 청년들에게 3D업종이나 비정규직, 그리고 중소기업은 당연히 기피할 대상일 수밖에 없을 것이다. 두 번째는 기업의 해외투자에 있다. 우리나라 국내 대기업은 좋은 인재를 발견하기 위해 우리나라가 아닌 해외로 눈을 돌리고 있고 이러한 대기업의 해외 투자로 인해 청년 실업률이 증가하고 있다.

따라서 청년들의 인식을 개선시키기 위해 나라와 기업이 노력해야 한다. 이를 해결하기 위해서는 우선 임금문제를 해결하는 것이 시급하다. 채용장려금 지급 및 근로소득세 감면을 확대하는 것이고 중소기업 현장 근무 경험이 있는 교수 및 개방직 공무원 임용 등에 실질적인 도움이 되도록 중소기업 장기 근속에 대한 '중소기업 형 스톡옵션'과 같은 보상체제를 도입, 정비하여 해결할 필요가 있다.

두 번째로 대기업의 지원도 필요하다. 중소기업과 대기업이 공정한 위험 분담체제를 설계하여 원자재 가격 변동이나 대외여건 변화에 대한 안전장치 역할을 담당하여 인력 강화에 도움이 되어 청년들의 인식을 개선시켜야 한다. 쉽게 말해 대기업이 중소기업의 원자재 가격과 해외 다른 나라의 변화에 대한 위험 부담을 들어주어 중소기업에 대한 청년들의 인식을 바꿔주어야 한다.

세계 여러 선진국이 우리나라처럼 심한 청년실업을 겪었다고 한다. 80년 대부터 세계화가 시작되면서 산업의 빠른 진출과 퇴출이 비일비재해졌고 이로 인해 해당 직종에 종사하던 노동자들이 대량 해고되는 문제가 발생했다. 하지만 우리나라가 여전히 이런 상황에 머물러 있는 것에 반해 유럽의 여러 나라에서는 90년대부터 고용서비스가 발전돼 청년실업 문제를 해결해 나가기 시작했다.

영국의 청년실업 해결책 중 하나인 '뉴딜정책'은 취업 프로그램에 가입하면 6개월 동안 청년들에게 적성검사 등을 비롯한 취업 훈련을 시켜준다. 그리고 이 과정에서 사회안전망을 구축해 구직자들의 생계를 책임진다는 점에서 우리나라의 일자리 창출 정책과 차이를 보인다. 또한 덴마크의 취업 시장은 매우 높은 노동유연성을 갖고 있어서 대부분의 취업자들이 비정규직임에도 불구하고 불만을 갖지 않는다는 점에서 모범사례로 꼽힌다. 취업자들이 직장을 옮길 때 생계에 위협을 받지 않는다는 점과 직종 간의 임금 격차가 크지 않다는 점 등이 불만이 없는 이유이다.

세계 여러 나라가 그러한 경험들 끝에 선진국이 되었던 것처럼 우리 대한민국도 기업, 개인, 정부의 힘을 합쳐 청년실업이라는 감기를 잘 이겨내 건강한 대한민국이 되었으면 한다.

아프니까 청춘이다

"그럼 마지막으로 시청자 분들께 하실 말씀이 있으시다구요?"

"예. 제가 아는 어떤 이의 꿈에 대한 이야기입니다.

"34번 면접생. 들어와 주세요."

떨리는 마음으로 문을 열고 들어간다. 내 앞에는 내 인생을 결정지을, 중요한 질문을 던질 것 같은 세 사람이 나를 위아래로 훑어보고 있다. 한두 번겪은 것이 아니기에 자신 있게 그들 앞에 나아가 질문에 나름의 최선을 다해 답한다. 그렇게 1시간 같은 10분이 흘러갔고 깍듯이 인사하고는 그 자리를 빠져 나온다. 그렇게 오늘도 두 번의 면접을 보았다.

지친 몸을 이끌며 버스 정류장으로 향한다. 마음 같아서는 택시를 타고 싶었지만 주머니엔 천 원짜리 지폐 세 장만이 구겨져 있어서 엄두도 못 낸다.

"무슨 버스 정류장에 의자가 없냐."

하며 담배를 꺼내 문다. 라이터가 어디 있는지 보이질 않아 주머니를 뒤지고 있는데 버스가 온다. 버스와 담배를 번갈아 보며 고개를 절레절레 흔들고는 버스에 올라탄다. 대학로를 거쳐 번화가와는 조금 떨어진 몇 층 안 되는 우리 아파트 앞에 선다. 나는 버스에서 내릴 때마다 우리 아파트 바로 앞에 버스 정류장이 있음에 감사한다. 오늘도 그러한 마음으로 3층 우리집 계단을 거의 기다시피하며 올라간다. 현관문을 열자 유일하게 날 반겨주는 덩치가 날 반긴다.

집에 오자마자 바로 방바닥에 드러눕는다. 긴장이 한 번에 풀어져 집 전화가 울리는 것도 무시한 채 정장을 입은 채로 잠들어 버린다.

누가 내 얼굴을 핥는다. 축축하면서도 끈적끈적한 게 기분이 매우 좋지 않다. 잔뜩 인상을 찌푸리며 얼굴 앞에 손을 휘젓는다.

"덩치야, 형 일어났어. 그만해."

그렇게 한참을 넋을 놓고 있다가 문득 생각난 지난날의 면접들.

'하. 이번엔 되겠지'

하며 피곤해서 잔다고 못 받은 전화목록을 살펴보니 엄마 번호가 있다.

나는 대구에서 대학교를 나왔다. 우리 가족은 엄마, 아빠, 나 이렇게 세 식구였다. 고등학교 생활을 완전 모범생도, 그렇다고 그렇게 못하지도 않는 성적으로 나온 터라 그럭저럭 이름 있는 대학을 졸업했고 군대를 제대한 후 취업을 위해 부모님을 남겨두고 무작정 혼자 서울로 올라왔다. 내 나이 30살. 대학교만 나오면 취업도, 여자도, 내가 원하는 것들을 다 가질 수 있을 거라 생각했지만 지금 2년째 원룸에서 취업준비중이다. 면접만 10여 차례 봤고 서울에 있는 각종 아르바이트는 다 해봤지만 소극적이며 활동적인 것을 싫어하고 안정적인 것을 좋아하는 성격 탓인지 그리 오래가지는 못하였다. 아르바이트 도중 나같이 다른 지역에서 취업을 위해 올라온 친구들도 만나게 되었고 가끔 그들과 술자리도 가지면서 세상에 대한 불평도 쏟아놓곤 했다. 그렇게 덩치와 친구들, 그리고 가끔씩 전화 오는 부모님의 목소리를 듣는 것으로 다시 힘을 내며 하루하루를 살아가고 있다.

며칠 후 아침, PC방에서 게임을 하고 있는데 문자가 왔다. 대구의 고등학교 친구 놈이다. 나름 반에서 말 좀 하고 얼굴도 잘생겨서 회장만 해온 녀석이라 그리 친하지는 않았다. 용건은 동창회가 열리니 참석을 하라는 것이다. 장소는 대구 시내의 한 뷔페점이었고 오랜만에 친구들끼리 모여 술이나 한 잔 하자는 것이었다. 나는 섣불리 답할 수가 없었다. 내 모습이 한심하고 부끄러웠기 때문이다.

'다른 친구들은 취업을 했을려나? 외제차 끌고 오는 거 아니야?'

갖가지 생각을 하던 중 갑자기 오랫동안 못 뵈었던 부모님도 보고 싶고 해서 반가운 티를 내며 가겠다고 했다.

집에 돌아온 나는 거울을 보았다. 이런 차림으로 친구들과 만나면 나를 어떻게 생각할까싶어 간만에 돈을 좀 써서 옷도 사고 이것저것 쇼핑도 했다. 며칠 후 힘껏 멋을 부리고 대구로 가는 기차에 몸을 실었다. 고등학교 때 나랑 친했던 녀석들도 온다고 해서 한껏 들뜬 기분으로 약속장소로 향했다. 부모님도 빨리 만나고 싶어 전화를 드려 곧 찾아뵙는다고 했다. 그렇게 약속시간에 맞춰 도착하고는 화장실에 들러 내 상태를 점검한 뒤 자신 있게 들어섰다.

들어가자마자 보이는 친구는 '남성훈'. 성훈이는 고등학교 때와 변함이 없는 듯했다. 여전히 활발한 성격으로 분위기를 띄우고 있었다. 옆에 웃으며 술잔을 기울이는 친구는 '박선양', 그리고 '황석재'. 고등학교 때의 친구들을 보자 너무 신나서 이런저런 이야기를 나누던 중 염려했던 이야기가 나왔다.

"야, 이희범. 니 요즘 뭐하고 지내노?"

"뭐, 난 그저 그렇지. 닌 요즘 어떤대?"

"나야 뭐. 그냥 작은 학원 차려서 애들 가르치고 있다."

"아, 맞다! 니 미술 했었재? 어떻게 학원은 잘 돼가나?"

"뭐 그저 그렇지, 뭐. 그래도 내가 좋아하는 일 아이가. 그러니 크게 힘들진 않다."

"어이구야, 새끼. 인간 다 됐네. 기현이는, 기현이 요즘 뭐하노?"

"선양이도 원하는 거 한다 아이가. 요리하잖아."

"아, 진짜? 다들 자기 할 거 다 하고 있네?"

대화가 여기까지 미치자 사실 친구들이 한심하게 느껴지기 시작했다. 지금 나이가 몇인데 돈 생각도 않고 그깟 '꿈', '꿈' 거리며 살고 있나. 그런데 한편으로 스치는 생각.

'내 꿈은 뭐였지? 그런 게 있기는 했나?'

갑자기 멍해졌다. 내가 믿었던 것이 다 깨져버리는 기분이었다. 어렸을 때부터 나는 부모님이 시키는 대로 했다. 고등학교 선생님이셨던 아버지와 가정주부인 엄마. 강압적이고 가부장적인 아버지 때문에 어머니는 점점 더 자신을 버리고 날 위해 희생하셨고 그 희생은 점점 기대와 집착이 되어갔다. 그러니 내 꿈은 자연히 부모님의 꿈을 따라갈 수밖에 없었다.

그런 생각을 하던 중 갑자기 울리는 휴대폰. 정신을 차리고 휴대폰을 확인해 보니 모르는 번호였다. 처음 느껴보는 예감이었다. 무엇인가 알면서도 모르겠는…… 떨리는 마음으로 전화기를 들었다. 한참이나 바라만 보다가 전화를 받았다.

"예, 이희범 씨 맞으십니까?"

"예, 그런데요? 누구시죠?"

"전 S전자 인사과 이상진 대리입니다."

"아, 예……. 면접 결과는?"

"아쉽지만 저희 회사는……. 뚜…….."

더 이상 듣고 싶지 않았다. 아니, 들을 자신이 없었다. 세상은 너무 잔인했다. 옆의 친구들은 자신의 삶을 살며 웃고 떠들고 있다. 고등학교 때의 부모님도 지금은 아무런 도움이 되지 못한다. 나는 혼자였고 비참했다.

"야, 임마! 니 어디 가노?"

무작정 밖으로 나와 택시에 올라탔다.

"아저씨, 서울 마포대교 가 주세요."

"예? 여기 대구인데요?"

"그냥 가 주세요."

"예? 예……."

죽고 싶었다. 아니, 살고 싶지만 세상이 나를 살려두지 않는다. 그러므로 죽을 수밖에 없다. 하지만 그 땅이 대구는 아니었다. 이 땅은 나의 부모, 나의 친구가 있다. 대구에서 죽는다면 그들의 죄책감은 어떻게 감당할 것인가.

지금 시각은 새벽 2시. 이미 충분히 마신 술 덕분인지 두려움은 없었다. 다만 떠나보내는 이들에 대한 미안함과 세상에 대한 분노만이 내 곁을 지키고 있었다. 세상이 미친 듯이 돌아가고 있었다.

"도착했습니다."

"아, 예……. 여기요."

깜박 잠이 들었었다. 덕분에 술기운도 떨어졌다. 새벽 5시. 전화가 왔다. 엄마였다.

"어, 엄마. 왜?"

"아들. 무슨 일 있나? 대구 왔다면서 왜 집에를 안 오노?"

"엄마 안 자고 기다린 거가?"

"엄마가 어떻게 자노. 우리 아들이 대구에 왔는데……."

"저 많이 늦을 것 같아……. 먼저 주무세요."

이렇게 전활 끊어버렸다. 너무 미안했고 무서웠다. 엄마의 목소리를 듣는 순간 눈물이 쏟아져 나왔다. 자신의 삶 따윈 중요치 않고 오직 아들만을 바라보며 살아온 엄마. 너무나 괴로웠다. 죽음을 결심했고 내 삶은 밑바닥이었다. 다리 밑을 바라보았다. 아찔했다.

"하. 인제 편하게 해주라, 세상아."

난간을 넘었다. 그때 보이는 앞의 광경, 해는 뜨고 있고 밑의 강물은 떠오르는 해를 비추어 반짝반짝 보석 같았다. 이 풍경을 담아내고 싶었다. 이런 아름다운 것들을 내 머리, 내 마음속에 저장하고 싶었다. 휴대폰 카메라로 난간 밖의 모습을 찍었고 그 후 내가 사랑하는 사람들의 모습, 나와 같은 어려움을 겪은 사람들을 위로해 줄 사진을 찍고 싶어졌다.

몇 번의 성공과 실패 끝에 나는 나의 생각을 잘 표현할 수 있는 사진들을 카메라에 담아냈고 점차 자신감을 갖게 되었다. 그러다 내 마음을 알아주는 사람들의 기부로 작은 전시회도 가질 수 있게 되었다. 그렇게 나는 점차 사람들의 사랑을 받게 되었고 20년 후 지금은 청년들의 마음을 대변해 주는 늙은 예술가로 살아가고 있다.

"이 청년이 누굴까요? 예. 바로 접니다. 저는 제 마음을 표현하고 싶었습니다. 위로받고 싶었고 외로움을 이길 수 있는 힘을 얻고 싶었습니다. 여러분, 큰 그릇은 늦게 채워지는 법입니다. 그러니 실망하거나 포기하지 마시고 끝까지 자신을 믿으십시오. 자신이 하고 싶은 일, 자신이 꿈꿔왔던 일을 하세요. 그리고 저와 같은 늙은이가 되었을 때 지나가는 젊은 청년들에게 한마디만 해주십시오. 잘하고 있다고, 곧 원하는 모습으로 서게 될 것이라고."

2013년 고등학교 1학년 동아리 선택을 해야 할 시기에 나는 처음 '그린비'라는 동아리를 알게 되었다. 솔직히 처음부터 와닿는 동아리는 아니었기에 그때는 가입하지 않았다. 그러다 2학년에 올라왔을 때 그린비 동아리 친구에게 그린비에 대한 얘기를 듣게 되었다. 나는 그제서야 그린비에 대해 제대로 알게 되었고 평소 책을 읽는 것과 내 생각을 글로 표현하는 것을 좋아하는 나에게 딱 맞는 동아리라고 생각하고 무턱대고 선생님을 찾아갔다. 힘든 작업이라고 끈기와 열정이 필요하다고 하시며 글도 한 편 적어오라고 하셨다. 그러고는 결국 가입이 허락되었다.

그린비 활동을 처음으로 했던 때, 나는 선배들처럼 연말에 우리가 열심히 쓴 글들이 책으로 나온다는 굉장히 놀라운 사실을 알게 되었다. 그렇게 더욱더 그린비가 좋아졌다.

솔직히 쉽지 않은 활동들이었다. 처음 써보는 소설, 익숙지 않았고 내 글을 내가 봐도 어색했었다. 그렇게 썼다 지웠다를 반복하니 너무 힘들었다. 하지만 후회는 없었다. 그린비가 아니면 어디서 이런 일들을 경험해 보겠는가. 그리고 하루 종일 동아리 활동을 하는 전일제날도 색다른 경험이었다. 작년, 그린비가 아닌 다른 동아리는 딱히 별다른 경험 없이 보냈는데, 올해의 그린비 동아리는 도서관에도 가고 세월호 희생자 추모식에도 갔다. 동아리에서 이런 뿌듯한 경험을 할 수 있다니, 뭔가 색다른 경험이었고 설레었다.

이제 곧 3학년이 되어 그린비 활동을 제대로 할 수 없게 되지만 잊지 못할 수많은 추억들을 남긴 것 같아 기분이 좋다. 그리고 책을 써나가면서 나의 또 다른 좋은 점, 그리고 고쳐야 할 점들을 알게 된 것도 참 좋았다. 내년의 1, 2학년 학생들에게 그린비 동아리를 적극 추천해 주고 싶다.

不祐이웃 | 나의 삶에 만족하며……

전남 장흥군의 작은 흙집에 살고 있는 초등학생 강민정(가명·11) 양은 현재 신우염을 앓고 있다. 약 7년 전 기울어져 가는 흙집으로 이사와 살기 시작한 뒤, 신장이 세균에 감염돼 만성적인 염증이 생겼고 상태는 날로 악화돼 왔다. 1년 전에는 결국 수술까지 받아야 했다. 〈중략〉

집 밖 마당에 재래식 화장실이 있어 민정이는 화장실 가는 것을 참거나, 마당에 용변을 보기도 한다. 민정이는 "엄마가 매번 잔소리를 하지만, 화장실에 냄새가 나고 파리가 들끓어 화장실 가기가 싫다."고 말했다.

정 씨는 아픈 민정이의 건강을 생각해 주거지 개축을 고려해 봤지만, 매번 포기할 수밖에 없었다. 정 씨는 정부에서 나오는 보조금 40만 원으로 식비, 교통비 등을 해결하며 근근이 생활하고 있다.

[출처 : 문화일보 2014.08.28 김다영 기자]

내가 이 기사를 읽었을 때 민정이라는 아이와 그 가족들이 너무 안쓰러웠지만 나와는 먼 일이라고 생각했다. 하지만 남들보다 못한 환경에서 서러운 삶을 살면서 아픈 병까지 얻어 힘들게 살아가는 사람들이 과연 이들뿐이겠냐는 생각과 함께 우리 주변 사람들에 대해 조금 더 돌아보아야겠다는 생각이 들었다.

이들은 불우(不遇)이웃이기도 하지만 불우(不祐)이웃이기도 하다. 형편이 어렵기도 하지만 도움의 손길을 받지 못하기 때문이다.

달동네에서 연탄도 제대로 못 때며 폐지를 줍던 할머니가 눈길에 미끄러져 다치시고, 피곤에 절도록 노력하며 살아가는 노동자들에게 각종 사고가 일어나는 기사들을 보고 '하늘도 무심하구나' 라는 생각이 들었다. 내가 도울 우(祐)자를 쓴 이유가 바로 이것 때문이다. 어려운 삶을 살아가는 사람들에게 감당하기 힘든 일들이 많이 일어나고 또 그들은 한 번 쓰러지면 다시 일어나기가 거의 불가능하기 때문이다.

내가 사회문제로 글을 쓰려고 마음먹었을 때 가장 고민되었던 것이 있었는데 그것은 바로 사회문제의 연계성이었다.

사실 사회문제라는 것은 하나하나 끊어져 있는 것이 아니라 도미노처럼 하나가 무너지면 뒤의 것도 무너진다. 그래서 사회문제는 어느 하나를 해결한다고 해서 곧바로 상황이 좋아지는 것이 아니다. 그러나 적어도 가난이라는 문제를 해결하기 위해 우리 사회가 해야 할 일과 나와 같은 고등학생들이 할 수 있는 일이 무엇인지는 한번 생각해 볼 필요가 있다고 생각한다.

먼저 사회적으로 해야 할 일은 다른 나라들의 복지를 보고 우리에게 부족한 것들이 있다면 보완하는 것이다. 또 나와 같은 학생들이 할 수 있는 일은 가난에 대한 인식을 개선하고 주변 사람들에게 관심을 가지는 것이다. '그 사람이 게을러서 돈을 못 번 것인데 내가 왜 도와줘야 하지?' 라는 생각이 아니라 '사회적으로 약자이니 우리가 도와줘야겠구나' 라는 생각으로 바꾼다면 절망에 빠진 사람들도 다시 희망을 가지고 살 수 있지 않을까.

개구리 소년

나의 삶에 만족하며……

1. 우물 안 개구리

나는 작은 우물 안에서 태어났다. 나는 태어나서부터 동그랗고 조그만 하늘만 봐왔지만 부모님은 저 우물 위 세상을 이야기 해주셨고 우물 위의 세상으로 올라가라고 하셨지만 그것은 그리 만만치 않았다.

수업이 끝난 후 시간 맞춰 나온 학원차를 타고 친구들과 웃고 떠들며 학원으로 가는 내 또래 친구들과 달리 나는 여유롭지 못한 형편의 가정에서 태어나 학교가 끝나면 아르바이트를 하러 다닌다. 나는 그래도 이런 내 형편에 대해 한 번도 불평을 가진 적이 없었다.

'남 탓 할 일 아니다, 내가 열심히 하면 되겠지……' 라는 마음을 되뇌고 착하고 성실하게 살다보면 언젠가는 나아질 것이라 생각했다. 하지만 며칠 전에 있었던 일은 나의 이런 마음을 사라지게 했다.

"날씨 참 좋네!"

2. 거짓말

고2가 된 지 벌써 세 달이 지났다. 선생님들은 중요한 시기라고 공부에 전념하라고 하셨지만 아이들은 이제 모르던 아이들과도 모두 친해져서 서로 놀러 다니기 바쁠 때였다.

"야, 전준현! 너 오늘도 빠질 거냐? 이번에 새로 나온 영화 보러 가자고!"

"미안, 용돈 다 떨어졌어. 너희끼리 가라."

"너는 어디 놀러 다니지도 않는데 용돈을 어디다 그렇게 쓰냐? 어쩔 수 없지. 다음에는 꼭 같이 가기다?"

"어, 그래. 잘 놀다와."

이번 학기에 새로 친해진 재윤이라는 아이였다. 재윤이는 노는 것을 좋아하여 아이들이 모이는 곳엔 어디든지 나타나는 아이였다.

'일곱 시에 편의점 알바 있으니까……. 이십 분밖에 안 남았네. 빨리 가야겠다.'

내가 일하던 편의점은 학교에서 멀리 떨어진 곳에 있었다. 집과 학교에 가까운 곳에 다닐 수도 있었지만 친구들과 자주 마주칠까 봐 일부러 멀리 떨어진 곳으로 선택했다. 나는 편의점 아르바이트를 일곱 시부터 열한 시까지 하는데 이것도 점장님이 내 사정을 듣고 딱하다 생각하셔서 특별히 마련해 주신 것이라 게으름 피우지 않고 열심히 일하고 있다.

"형, 저 왔어요. 이제 교대해요."

"야, 너 오늘은 왜 이렇게 늦게 왔냐? 빨리빨리 다녀!"

내가 일하기 전 시간에만 일하는 사실상 백수인 승빈이형이다.

승빈이형은 책을 너무 좋아해 일하는 중 책을 읽다가 점장님께 잔소리를 듣기도 한다.

"에이 형, 한번만 봐주세요."

"다음부턴 늦지 마. 그리고 점장님이 오늘은 11시에 문 닫고 나가래. 일 있어서 빨리 닫아야 될 것 같다고."

"네, 안녕히 가세요."

사실 편의점이 외곽 지역에 있어서 사람들이 많이 다니지 않아 형이 가고 나면 할 일이 없다. 그래서 공부할 책들을 들고 와서 공부를 하곤 한다. 오늘도 평소와 같이 공부하던 중 어디서 많이 보던 애들이 시끄럽게 편의점에 들어와 컵라면과 김밥을 샀다. 재윤이와 아이들이었다. 재윤이는 날 알아보고 소리쳤다.

"어! 전준현. 너 여기서 뭐하냐?"

"너, 너는?"

"나야 뭐, 애들이랑 놀다가 배고픈데 돈도 없고 해서 왔지. 근데 너 알바 하냐? 알바하면서 돈 없다고 거짓말이나 하고. 짜식 혹시 여자 친구 선물사고 이런 거 아니냐? 히히."

"일하는 중이니까 조용히 사갈 거만 사가."

"먹고 갈 건데?"

"그러든가."

"야, 성준아. 준현이 여자친구 선물 사준다고 우리랑 놀지도 않고 알바 하신단다. 너무 하지 않냐?"

"닥쳐, 여자친구 선물을 사주든 말든 니가 무슨 상관이여?"

어릴 적부터 친구여서 내 사정을 잘 아는 성준이는 재윤이의 입방정을 대신 막아주었다.

하지만 결국 나의 아르바이트 생활은 들키고 말았고 선생님 귀에도 들어가게 되었다.

3. 어쩌라고

며칠 전 재윤이의 입방정으로 내가 방과 후에 아르바이트를 한다는 것이 선생님 귀에 들어가서 결국 선생님께 불려갔다.

"준현아, 선생님한테 할 말 없니?"

"네? 잘 모르겠는데요."

"선생님 거짓말 싫어하는 거 알지? 정말 잘못한 거 없니?"

"네, 어. 없는 것 같은데요……."

"그래, 알겠다. 그럼 일단 반으로 가렴."

교실에 돌아가면서 별 생각이 다 들었다.

'아오, 이재윤. 이 자식이 또 얘기했겠지? 혹시 알바 때문에 부른 거면 안 되는데…….'

방과 후가 끝난 뒤 선생님이 들어오셨다.

"선생님이 너희에게 할 말이 있다."

"아, 쌤. 빨리 학원 가야 돼요. 얼마나 걸려요?"

"아주 잠깐이면 돼. 너희 지금이 얼마나 중요한 시기인지 알지? 너희도 내년이면 고3이야. 고3만 중요하냐? 아니! 고2 때 열심히 해야 고3 때도 잘할 수 있다고……. 그런데 학교 끝나고 독서실 간다고 야자를 빼줬더니 공부는 안하고 딴 짓하고 다닌다는 소문이 있더라. 앞으로 그런 소리가 선생님 귀에 들리지 않았으면 한다. 무슨 소린지 알지?"

"네!"

"그리고 이재윤! 너도 이제 정신 차리고 공부 좀 해라. 어떻게 틈만 나면 놀러 다닐 생각만 하냐! 이상, 쌤 할 말은 끝났다. 조심해서 가라."

선생님의 한마디 한마디가 나에게 식은땀을 흐르게 했다. 그러나 곧 선생님께 약간의 원망이 생겼다.

'내가 힘들게 사는 것을 선생님은 모르시나? 알고서는 어떻게 저러실 수가 있지?'

이런 생각이 머릿속을 한 바퀴 휘젓고 갈 때쯤 내 어깨 위에 누군가가 손을 올렸다.

"야, 준현아! 우리가 이런 거 신경 썼냐? 그냥 하던 대로 해."

성준이었다.

"니만 쌤 말하는 거 안 들은 거지, 나는 잘 들었거든? 그래 뭐 어쩌라고! 자기가 나 먹여 살려주는 것도 아닌데 뭐."

"그래 인마. 가자! 오늘은 내가 심심하지 않게 옆에서 놀아줄게."

4. 왜?

어느덧 시곗바늘은 숫자 11을 향해 달려가고 있었다.

'맙소사! 깜빡 졸았나? 손님들은 어쩌지? 오, 하나님 저한테 진짜 왜 이러세요.'

"네, 다음에 또 오세요."

성준이의 목소리였다.

"야, 너 집에 안 갔냐?"

"니가 그렇게 잠을 자는데 널 버려두고 어떻게 가냐? 내가 너 버리고 갔으면 닌 벌써 스무 명은 놓쳤다. 아니 스무 명만이겠냐? 편의점 다 털렸다, 이놈아!"

"야, 진짜 고맙다. 뭐해 줄까? 널 업고 집에까지 갈까?"

"헛소리 말고 고마우면 집에 갈 때 바나나우유 하나 사고, 침이나 닦아라!"

"야, 삼각 김밥도 사준다. 다 골라."

내 다음 타임에 일하는 영미누나가 오고 나는 성준이와 함께 바나나우유를 들고 나왔다.

"짠돌이 준현이가 바나나우유도 다 사주고, 이거 가문의 영광입니다."

"야, 내가 돈을 아끼긴 했어도 그 정도는 아니거든! 나중에도 얻어먹고 싶으면 조용히 먹어라."

"네, 네. 알겠습니다."

"히히."

그때였다. 횡단보도를 건너던 중 지나가던 차 한 대가 우리를 보지 못하고 덮칠 뻔했다.

'깜짝이야! 앞에 좀 보고 다니지.'

가까스로 차를 피해 놀란 가슴을 쓸어내릴 때쯤 성준이는 날 보며 울고 있었고 난 그 뒤로 생각이 나지 않는다.

몸이 나른해졌다. 기분이 좋다. 이때까지의 힘든 일이 생각나지 않았고, 잘 버텨주었던 내 몸이 고맙다는 생각이 들었다. 모처럼의 휴식인데 옆이 너무 시끄럽다.

'잠시 누워 있다가 다시 학교 가야 되네. 아, 쌤 보면 이제 뭐라고 해야 되지. 몰라, 내일 생각하지 뭐.'

졸린 내 두 눈이 감겼다.

5. 잠

말 많던 재윤이가 웬일인지 조용히 있다. 머리에 붕대를 감고 있는 성준이도 보인다.

'그때 다쳤나?'

반애들 몇몇이 더 보인다. 하지만 선생님은 보이지 않는다.

'뭐냐, 쌤은 내 병문안도 안 오나? 바빠서 좋으시겠어요. 근데 몸이 왜 이렇게 무겁지? 애들한테 인사해야 되는데 팔을 못 올리겠네. 그냥 나중에 인사해야겠다.'

처음으로 피로를 싹 풀고 일어난 것 같은데 얼마 되지 않아 다시 눈꺼풀이 무거워졌다.

아무 소리도 들리지 않는다. 아니, 아무 소리도 듣기 싫다. 그냥 이대로 쭉 있었으면 좋겠다.

 나는 사회문제라는 넓은 카테고리 안에서 가난한 삶을 사는 이웃들에 대해 이야기했다. 요즘 큰 이슈가 되는 성범죄와 같은 심각한 문제도 많았지만 우리 주변에서 조금 더 도움이 필요하다고 생각된 것이 불우이웃에 관한 문제였다. 또 가장 해결책이 절실한 문제이기도 했다. 우리 주변이 항상 비슷비슷해 다 안다고 생각했지만 생각보다 도움의 손길이 필요한 사람들이 많았다.

 한 달 간의 조사기간 동안 나는 사회문제를 다룬 기사들을 보고 많은 한숨을 쉬었다. 정말 하나하나 떨어져 있는 것이 아니라 도미노처럼 하나를 건들면 모든 것이 걸려 넘어지기 때문이었다.

 여기 실린 글들은 어른들의 눈이 아닌 청소년의 눈으로 본 사회이고, 또 글을 그렇게 잘 쓰는 아이들만 모여 쓴 것도 아니기 때문에 허접해 보이고 이해가 가지 않을 수도 있다고 생각한다. 하지만 나는 이번 글을 쓰면서 다른 아이들에게 우리가 쓴 책을 꼭 읽어 보라고 권하고 싶다. 왜냐하면 이것이 아이들이 바라보는 사회이고 우리 세대가 살아가야 할 사회이기 때문이다.

 끝으로 그린비 동아리의 부장으로서 사회문제라는 딱딱한 주제를 가지고 한 해 동안 같이 열심을 다해 준 친구들에게 고맙다고 말하고 싶다. 사실 사회문제를 주제로 잡기 전에 '역사적 인물이 되어 역사 바꾸기', '원하는 시대의 인물이 되어 살아보기' 등 훨씬 흥미로운 주제가 있었음에도 불구하고 딱딱하고 어려운 주제를 정하게 되었다. 우리들의 시선으로 사회문제를 꼬집어보자는 의도로 이러한 주제를 선정하고는 한 달 동안 각자가 정한 사회문제에 대해 조사하고 적어보고 그 자료를 돌려보며 의견을 나눴다. 그런 힘든 과정 속에서도 누구하나 귀찮아하지 않고 최선을 다해 주었기 때문에 이 작품집이 나올 수 있었다.